AF210213

Catherine May

IM KLEINEN SCHWARZEN
Teil 7

Erotische Erzählung

Crossdresser-Erzählungen
Band 12

Bibliographische Information der Deutschen Nationalbibliothek:
Die Deutsche Nationalbibliothek verzeichnet diese Publikation
in der Deutschen Nationalbibliografie. Detaillierte bibliografische
Daten sind im Internet unter http://dnb.dnb.de abrufbar.

Herstellung und Verlag:
BoD – Books on Demand, Norderstedt

ISBN: 978-3-7583-0182-7

Was bisher geschah

Das alte Spiel: Alex war von seiner Frau erwischt worden, wie er heimlich ihre Wäsche anprobierte. Was der bloßen Neugier entsprungen war, hatte sich zu einem Drama entwickelt, allerdings ganz anders, als Alex es erwartet hätte: Innerhalb von nur wenigen Tagen hatte Eva sein Leben völlig umgekrempelt. Als ‚Marie‘ hatte sie ihn in die Rolle des Hausmädchens und zu sexuellen Dienstleistungen gezwungen, die weit über das hinausgegangen waren, was noch als Spiel hätte gelten können. Ihr Druckmittel, die Drohung seines Hinauswurfs aus dem gemeinsamen Leben in eben den kompromittierenden Kleidern, in denen er seit seinem ‚Fehltritt‘ leben musste, hatte bewirkt, dass er auf alles einging, was Eva von ihm verlangte. So hatte er kurz darauf als Sekretärin in der Anwaltskanzlei ihres Nachbarn Paul zu arbeiten begonnen. Nachdem jedoch mit Evas Billigung ‚Marie‘ in einem Oktoberfest-Bierzelt von betrunkenen Männern missbraucht worden war, hatte Alex sich entschieden, nun doch Widerstand zu leisten.

In diesem Augenblick hatte sich die finanzielle Abhängigkeit der Firma seiner Frau – ihrer gemeinsamen Lebensgrundlage – von Pauls Anwaltskanzlei in fataler Weise als existenzbedrohend herausgestellt. Um den sofortigen Bankrott der Firma abzuwenden, war Alex gezwungen gewesen, sich in den nicht näher definierten Dienst des Nachbarn zu stellen.

So hatte er sich plötzlich als ‚Marie' in einem Flugzeug nach England wiedergefunden. Dort wurde ihm überraschenderweise eine Aufgabe gestellt, die erneut ganz anders aussah, als es zunächst den Anschein gehabt hatte: In der Rolle der ‚Marie' sollte er zum Schein und gut bezahlt den behinderten, todkranken Bruder Pauls heiraten und damit einen Herzenswunsch des kranken Tom erfüllen, so lange dieser noch lebte.

Einer der Haken daran war, dass der körperlich und geistig Behinderte nicht wusste, dass es sich nur um ein Schauspiel handelte. Er ging von einer wirklichen Hochzeit mit jener Frau aus, die zu seiner Begeisterung Audrey Hepburn in „Frühstück bei Tiffany" zum Verwechseln ähnelte. Und für Alex bedeutete die Aufgabe einen 24/7-Job: vollständiges Leben als Frau in einem allerdings traumhaften Umfeld, bis Tom seinem Leiden erliegen würde. Allerdings war der Zeitpunkt, zu dem dies geschehen würde, nicht genau vorauszusagen. Die Ärzte gingen von einigen Wochen oder Monaten aus. Aber Alex hatte gleich in der ersten Nacht in seiner neuen Umgebung einen verstörenden Traum, in dem ihm die Möglichkeit vor Augen geführt wurde, dass Tom seine Leiden nur vortäuschte, in Wirklichkeit jedoch kerngesund war. Und so gesund, wie er in dem Traum wirkte, so lebhaft und ausgefallen waren seine sexuellen Vorlieben, die er an Marie auszuleben gedachte, ohne dass sie sich dagegen hätte wehren können – schon gar nicht, wenn sie erst ‚verheiratet' sein würden.

Die ersten Tage in der neuen Rolle hatten sich turbulent gestaltet. In dem märchenhaften Castle im

Lake District in Nord-England waren alle Voraussetzungen vorhanden für ein mehr als angenehmes Leben. Einziger Nachteil war die vertraglich festgelegte Unmöglichkeit, auch nur einen einzigen Moment in ein Leben als Mann zurückzukehren. Im Gegenzug hatte Alex entdeckt, dass die Situation überraschende Vorteile mit sich brachte – die nicht zuletzt in bisher nicht gekannten, nicht einmal erträumten erotischen Reizen lagen. Diese hatten u.a. mit Martha und Maria zu tun, wunderschönen, geheimnisvollen Frauen, die sich höchst aufmerksam und durchaus zweideutig der attraktiven Marie gegenüber verhielten und sie ausgerechnet am Abend jenes Tages, an dem Tom und Marie sich verlobt hatten, bis in ihr Zimmer verfolgt und ihr ,beim Auskleiden geholfen' hatten.

Die peinlichste Situation seines Lebens

Alex hatte für einen Moment dagestanden wie versteinert. Die beiden Frauen waren für ihn der Inbegriff von Schönheit, nichts würde er mehr begehren, als diese göttlichen Körper zu verwöhnen und zu genießen. Sie waren Göttinnen in seinen Augen, ihre Schönheit war so perfekt, dass sie einer anderen Welt anzugehören schien. Hätte er in diesem Augenblick Hosen angehabt und einen Dreitagebart, so hätte er vielleicht kurz gezögert, weil er nicht hätte glauben können, dass ausgerechnet ihm dieses Glück widerfahren sollte, von den Göttinnen für ihr Liebesspiel erwählt worden zu sein, aber im nächsten Moment wäre er mit Begeisterung auf dieses unverhoffte Angebot eingegangen.

Nur hatte er gerade weder Hosen an, noch war er männlich ungepflegt, noch war er überhaupt Herr seiner Lage. Stattdessen steckte er in einem teuren Kleid, trug darunter zarte Dessous, hatte enthaarte Beine, einen rasierten Schritt und dunkelrot lackierte Finger- und Fußnägel, trug mehrere Schichten Make-up in seinem Gesicht, in dem die Augenbrauen zu dünnen Streifen gezupft waren, und duftete nach teurem Parfum. Außerdem hatte er sich – wenn auch natürlich nur zum Schein – erst vor wenigen Stunden mit dem schwerreichen, todkranken Tom verlobt. Alex würde bald eine Braut sein, selbst wenn alles nur ein Job war und er in diesem Castle als Schauspieler nur eine vertraglich genau festgelegte Rolle spielte. Außerdem wussten die Gäste zwar, dass die Verlobung nur gespielt war, aber kaum einer von ihnen wusste auch, dass es sich bei der Schauspielerin tatsächlich um einen Mann handelte. Auch Maria und Martha wussten dies nicht.

Und diese beiden wunderschönen, verführerischsten aller Frauen näherten sich in diesem Augenblick unaufhaltsam jenem Geheimnis, das er zwischen seinen Oberschenkeln gut versteckt hatte und dessen Entdeckung ihn unweigerlich in die peinlichste Situation seines ganzen Lebens bringen würde.

Schon war Martha, die ältere der beiden, hinter ihn getreten und zog nun den Reißverschluss seines Kleides hinunter. Alex drehte sich leicht weg, versuchte sich dem Zugriff der beiden Frauen vorsichtig zu entziehen.

Martha bemerkte es und hielt inne. „Was ist?", fragte sie. „Gefallen wir dir nicht?"

Ganz offensichtlich war sie Widerstand nicht gewohnt.

„Doch, doch", stotterte Alex auf der Suche nach den richtigen Worten, „ihr seid die schönsten und begehrenswertesten Frauen, die ich in meinem Leben je gesehen habe."

Martha griff wieder den Reißverschluss seines Kleids und zog ihn mit einem aufreizenden Geräusch ganz hinunter. Sie legte ihre Hände auf seine Schultern und ließ das Kleid an Maries makellosen Armen und Beinen leise zu Boden gleiten.

„Aber?", fragte nun Maria, die selbst bereits ohne ihr Kleid, in den berauschendsten Dessous dastand, die Alex jemals an einer Frau gesehen hatte.

„Aber, ich meine … ich bin … ich bin doch jetzt verlobt! Ich habe mich gerade erst verlobt, oder nicht? Und als Verlobte sollte ich jetzt nicht …"

„Das ist doch alles nicht echt", fiel ihm Martha ins Wort und begann nun selbst, ihr Kleid auszuziehen.

Alex stand in den teuren Dessous da, die Edith und

er für die Verlobung ausgesucht hatten, und nahm nun auch das Parfum wahr, das Edith ihm aufgesprüht hatte. Es roch gut! Blumig, verführerisch, heiß!

„Ja, sicher." Alex nickte mit dem Kopf und versuchte verzweifelt, einen klaren Gedanken zu fassen, was ihm jedoch nicht gelingen wollte. Instinktiv kniff er die Oberschenkel zusammen und legte die Hände auf die Körbchen an seinem BH, in denen unauffällig kleine Polster steckten. Das alles sah äußerst schamhaft aus. Er stand da wie eine Venus pudica, die antike Figur einer keuschen Göttin der Liebe.

Maria hatte noch immer ihr neckisches Hütchen auf dem Kopf, ansonsten stand auch sie in BH, Höschen und Strapsen vor ihm – und in ihren sündhaften Netzstrümpfen, die schon den ganzen Abend immer wieder Alex' verstohlene Blicke auf sich gezogen hatten. Maria hatte das durchaus bemerkt und immer wieder einmal durch eine entsprechende, laszive Pose zu diesen Blicken unverhohlen eingeladen. Diese Frau war so dermaßen märchenhaft schön, dass er es gar nicht fassen konnte.

Martha fasste ihn an den Schultern, drehte ihn zu sich herum und nahm ihn in den Arm. „Liebste Marie, wir wissen doch, dass die Verlobung nicht echt ist. Wir wissen, warum du hier bist. Wir wissen, dass du Geld dafür bekommst, diesen Job zu machen. Wir wissen auch, dass du es gut meinst mit Tom und dass du bis zu einem gewissen Grad wahrscheinlich sogar ehrlich bist, wenn du ihn deiner Zuneigung versicherst. Aber du weißt über ihn Bescheid. Du bist schließlich eine Professionelle. Du hast einen Vertrag unterschrieben. Du machst den Job sehr, sehr gut, das ist überhaupt keine Frage. Aber wenn du Freizeit hast, dann hast du

Freizeit und der Job hat damit nichts zu tun. Möchtest du, dass wir dich auch bezahlen?"

„Bezahlen?" Alex hätte *selbst* viel Geld dafür bezahlt, um nur in die Nähe solcher Frauen zu kommen. „Nein, nein!" Abwehrend hob er die Hände und versuchte, etwas Abstand zu Martha zu gewinnen, „ihr versteht das völlig falsch."

„Wieso falsch? Ich sehe nicht, was daran so falsch wäre. Du machst einen Job …"

„Ja, schon, aber ich bin keine Professionelle!"

„Ach, nicht?" Maria saß nun auf Alex' Bett, hatte die Beine übereinandergeschlagen und noch immer das Hütchen auf ihrem Kopf.

„Nein." Alex' Gedanken rasten. Was konnte, was sollte er jetzt sagen? Hielten sie ihn wirklich für eine Nutte? „Paul und Edith waren unsere … meine Nachbarn. So habe ich sie kennengelernt, mehr durch Zufall. Dann habe ich in Pauls Kanzlei angefangen."

„Als was?"

„Als Sekretärin."

„Als Sekretärin?" Martha schaute skeptisch.

„Ja. Es hat mich selbst gewundert, aber Paul hatte erfahren, dass ich gerade einen Job suchte, und so bot er mir diesen Job an, und obwohl ich sagte, dass ich soetwas bisher nur nebenbei gemacht hatte, wollte er, dass ich bei ihm anfange. Ich glaube, sie waren wegen des Ausfalls einer anderen Sekretärin ziemlich in der Klemme."

„Und dann?"

„Na ja, ich habe kurz bei ihm gearbeitet und es lief auch alles sehr gut. Aber dann hat er mich plötzlich gefragt, ob ich diesen Job hier machen will. Er hat mir, wie Ihr wisst, ziemlich viel Geld dafür geboten, also jedenfalls so viel, dass es verführerisch genug war und dass ich eigentlich gar nicht ,nein' sagen *konnte*. Aber alles in allem erschien mir sein Angebot fair. Und es kam mir ja, wie gesagt, auch ganz gelegen."

„Aber dann bist du doch trotzdem eine Professionelle!" Maria ließ sich davon nicht abbringen. „Zwar nicht im Sinn von Prostitution, aber im Sinn von ,für Geld'. Du verdienst Geld damit, dass du eine Rolle spielst."

„Ja, ich bin sozusagen ein Schauspieler. Jedenfalls hier, sonst aber nicht."

„Ein Schauspieler?"

„Ja ... ich meine natürlich: eine Schauspielerin."

„Aber ich sehe nicht, warum du, wenn du hier als Schauspielerin arbeitest, nicht in deiner Freizeit deinen Spaß haben solltest."

Alex sah sie schweigend an. Natürlich hatte sie recht. Aber sie wusste eben nicht alles.

„Es gibt so eine Art Klausel in dem Vertrag ..."

Plötzlich stand Maria vom Bett auf und kam auf ihn zu. Sie setzte die Füße so voreinander, dass sie in der Hüfte tief einknickte, hatte die Hände in ihre Taille gestemmt und schaute ihn, während sie auf ihn zukam, von unten herauf intensiv an. Etwas Verführerischeres hatte er noch nie gesehen. Schon gar nicht mit *ihm* als Protagonisten und Ziel dieser Blicke! Wie sie sich in den Hüften wiegte! Zugleich trat Martha wieder von hinten an ihn heran und legte ihm die Hände um seine enggeschnürte Taille.

Alex versuchte erneut, sich herauszuwinden, allerdings offensichtlich wenig überzeugend. Maria blieb dicht vor ihm stehen und legte ihre Arme auf seine Schultern.

„Stehst du nicht auf Frauen?"

Alex konnte nicht verhindern, dass er rot wurde. Ihm drohten die Sinne zu schwinden. „Ich? Was? Nein … doch, ich meine: total!"

„Total? Bist du eine Lesbe?"

Alex spürte, dass in seinem Höschen langsam geschah, was unweigerlich geschehen musste. Dafür geschah in seinem Kopf umso weniger.

„Eine Lesbe? Nein, nicht eigentlich, aber … doch, vielleicht, ich meine, wenn ich ganz ehrlich bin, vielleicht bin ich tatsächlich …"

In seiner Leistengegend war es schon in den ersten Augenblicken, als er diese beiden Frauen sich ihrer Kleider entledigen sah, warm geworden. Es hatte sich unverkennbar etwas geregt. Und der Prozess war weder abgeschlossen noch aufzuhalten.

„Du weißt es nicht? Du weißt nicht, ob du lesbisch bist? Bist du bi? Oder hast du es einfach noch nie mit Frauen versucht?"

Diese Dessous an den göttlichen Körpern, diese Göttinnen, die ganz offensichtlich nichts weiter als ihren Spaß haben wollten, und zwar mit *ihm*, hatten die Wärme in seiner Leistengegend sich weiter steigern lassen und darüber hinaus andere, einschlägige, körperliche Reaktionen eingeleitet.

„Doch, ich habe schon oft mit Frauen."

„Und mit Männern."

Alex zögerte.

Lange würde sich die fatale Entwicklung nicht mehr verheimlich lassen. Sein Glück war, dass sich Frauen offensichtlich nicht in den Schritt sahen, wenn sie sich gegenseitig taxierten. Aber das musste jeden Augenblick geschehen.

„Natürlich, mit Männern auch," stieß er plötzlich

hervor. Ihm war völlig klar, dass das wenig überzeugend klang.

Maria musterte ihn. „Bist du etwa noch Jungfrau? Hast du dich aufgespart?" Sie legte eine Hand auf seinen BH und begann ihn leicht zu streicheln.

„Was? Nein, ich …" Wäre das nicht eigentlich die Lösung? Jungfrau – warten bis zur Hochzeitsnacht? Küssen, ja, aber …

Da ließ Martha ihre Hand, die sie noch immer um Alex' Taille gelegt hatte, von hinten in seinen Schritt wandern. Alex war so überfordert, dass er keine Möglichkeit hatte, sich dem zu entziehen.

Und es kam, was kommen musste.

Er hörte ein kurzes, scharfes Einatmen direkt in seinem Rücken. Dann löste sich Martha von ihm, ließ ihn los und trat vor ihn, dicht neben Maria. Sie sah ihm voll ins Gesicht. Ihre Miene war undurchdringlich.

„Maria", sagte sie, ohne den Blick aus seinem Gesicht zu nehmen, „frag' nicht weiter. Es ist alles ganz anders." Sie begann, sein Gesicht zu mustern, Zentimeter für Zentimeter. „*Völlig* anders."

Nun ließ sie ihren Blick an ihm hinunter wandern, über die Wölbungen seiner falschen Brüste bis hinunter in seinen Schritt. Die Beule war inzwischen unverkennbar. Sie legte ihre Hand auf seinen Bauch und ließ sie dann ganz langsam unter den Stoff seines Höschens gleiten, bis sie seinen Schwanz erreichte und weiter, bis sie ihn ganz mit der Hand umfassen konnte. Sie fuhr zwei-, dreimal an ihm auf und ab und blickte Alex dabei ununterbrochen in die Augen. Als sie darin seine Unsicherheit sah, glitt sie langsam auf den Boden hinab und kniete sich vor ihn hin. Sie zog mit der einen Hand Maries Höschen herunter und hielt mit der anderen

Alex' Schwanz so, dass er gerade von ihm abstand. Er zeigte direkt auf ihren Mund.

Alex war ganz auf sie konzentriert, doch nun hörte er Maria ebenfalls scharf einatmen. Dann hörte er, wie sie flüsterte: *„Das ist ja geil!"*

Es folgte die aufregendste, sinnlichste Nacht, die Alex in seinem ganzen Leben erlebt hatte. Martha und Maria hatten keine weiteren Worte verschwendet. Sie hatten sich ganz darauf konzentriert, seinen glattrasierten, mit duftender Creme eingecremten Körper, den sie mit Ausnahme der Dessous und der Strümpfe entkleidet hatten, zu erkunden und ihm zu zeigen, wie er die ihren erkunden konnte. Alex hatte jedes Gefühl für Zeit und Raum verloren. Ganz langsam hatte er sich entspannt. Manchmal ließ er einfach geschehen, dann wieder wollte er selbst diese göttlichen Körper, die er sich kaum zu berühren traute, verwöhnen und liebkosen. Er war augenblicklich bis über beide Ohren verliebt – in beide! Wie hätte er sich auch entscheiden sollen: sie waren *eins*!

Als sie unendlich viel später und nach unzähligen Orgasmen der unterschiedlichsten Art gemeinsam in den zerwühlten Kissen seines großen Betts lagen und genüsslich eine Zigarette rauchten, begannen die beiden nun doch zu sprechen. Obwohl sie es eigentlich nicht mehr ausdrücklich hätten sagen müssen, ließen sie es sich doch nicht nehmen, ihm klarzumachen, dass er, so wie er – oder sie – da bei ihnen liege, die in ihren Augen optimale Kombination darstelle: als überzeugte Lesben würden sie Gefallen eigentlich nur an weiblichen Körpern finden, aber Marie böte neben dem weiblichen Körper zudem das eine Detail, das sonst immer fehlte und gewöhnlich künstlich ersetzt werden müsse und bei aller Technik und Perfektion doch immer in seiner Funktion beschränkt sei.

„Ein Dildo ist kein Ersatz, mag er noch so perfekt konstruiert sein!"

„Aber ich biete euch keinen weiblichen Körper", wendete er ein.

Martha lachte. „Keinen *vollkommen* weiblichen, sicher. Aber dein Körper, liebste Marie, ist *so* weiblich, wie ein männlicher Körper, der noch nicht mit Hormonen behandelt oder einer Operation unterzogen wurde, nur sein kann. Du hast so zarte Haut! Kaum zu glauben, dass du noch *keine* Hormone genommen hast. Bist du dir da ganz sicher?"

Maria nahm den Faden auf: „Und du bist schlank, hast eine schmale Taille, lange, schöne, glatte Beine, sehr schöne Füße, zumal mit wunderbar gepflegten Nägeln!" Sie warf einen verträumten Blick auf Alex' pedikürte, rot lackierte Fußnägel. „Natürlich fehlt dir etwas. Ein echter Busen ist durch nichts zu ersetzen. Weiche, warme Brüste sind wie ein warmes Meer, in dem du versinken kannst. Es gibt keinen schöneren Ort."

Sie fuhr mit der Hand zärtlich über Alex' Brust und es durchfuhr ihn ein Schauer, als wären seine Brustwarzen und der Bereich um sie herum sensibler als gewöhnlich. Er führte es auf das dauerhafte Tragen des BHs, der Polster und überhaupt der ganzen, zarten Kleidung zurück.

„Aber ein Schwanz ist eben auch nicht zu ersetzen", setzte Maria ihre Betrachtung fort, beugte sich über den seinen und küsste und leckte ihn. Alex zuckte zum hundertsten Mal zusammen. Auch sein Schwanz schien ungleich empfindlicher zu sein als er es war, so lange er noch nicht diese zarten Dessous trug.

„Außerdem", fügte Martha hinzu, „sind es nicht nur die Brüste und die Klitoris oder welche Details auch immer. Es ist mehr das Ganze, das den weiblichen Körper – und übrigens auch den männlichen – ausmacht. Die Zartheit des Körpers, vor allem eines *gepflegten* Körpers, wirkt sehr viel weiblicher als ein zu klein geratener Busen. Du hast zartere Gliedmaßen und eine schmalere Taille als manche Frau, und wenn du auch keine richtige Klitoris hast, so ist dein Schwanz nicht weniger gefühlsintensiv, glaube ich." Sie sah verträumt auf das von ihr eben gelobte Körperteil. „Und nennen Crossdresser oder Trans-Frauen den Schwanz nicht auch ‚Klitoris'?"

„Trans-Frauen?" Das war ein Thema, mit dem Alex sich noch nie beschäftigt hatte. „Keine Ahnung."

„Doch, das ist so", bestätigte Maria. „Daran solltest du dich gewöhnen, schließlich bist du praktisch in dieser Situation. Wir werden von jetzt an von deinem Schwanz nur noch als von deiner Klitoris sprechen, das ist auf jeden Fall stimmiger. Von deiner *wunderschönen* Klitoris." Sie legte ihre Hand darauf und streichelte ihn.

„Aber ich will gar keine Frau werden", wandte Alex ein. „Ich bin ja nur für die Dauer dieses Jobs in dieser Rolle."

„Ja,", beharrte Maria, „aber so lange ist es doch viel schöner, wenn wir das durchziehen, ich meine: *richtig* durchziehen, mit allem, was dazu gehört!"

Alex wurde es wieder einmal mulmig. Es schien ihm, als wenn dieses ‚*richtig* durchziehen' mehr umfasste, als er sich bisher hatte vorstellen können. Erinnerungen stiegen in ihm auf an die Zeit, als er in den Händen von Eva und ihrer geheimnisvollen Freundin Beate gewesen und schließlich in dem Oktoberfest-Bierzelt gelandet war.

„Und einmal abgesehen von deiner Klitoris bist du ganz sicher auch eine sehr schöne Frau!"

Nun sah er sie erstaunt an.

„Wirklich", stimmte nun auch Martha zu, „als wir dich sahen, waren wir uns sofort einig. Wenn sich aber zwei eingefleischte Lesben auf Anhieb einig in Bezug auf ein Wesen sind, muss es sich dabei ohne jeden Zweifel um eine wunderschöne, begehrenswerte Frau handeln. Glaub mir. Du hast so eine Ausstrahlung, die absolut authentisch ist. Du wirkst nicht nur ganz allgemein wie eine Frau, sondern du wirkst wie eine *attraktive* Frau, wie eine Frau, die ‚es' will. Was meinst du, warum wir sofort auf dein Zimmer gekommen sind."

„Ich habe eine Ausstrahlung wie eine Frau, die ‚es' will?" Alex konnte es nicht fassen.

„Genau. Das ist wie ein Duft, den du absonderst und der diese Botschaft in die Welt hinausträgt. Da kannst du gar nichts gegen tun. Das *ist* ganz einfach so."

„Aber ich will ‚es' doch gar nicht!"

Nun war es an den beiden, erstaunt zu sein. „Nicht? Und was war das eben? Haben wir ‚es' nicht gemacht?"

„Doch ..."

„Und hast du es nicht genossen?"

„Ja, sicher." Alex wollte abwinken.

„Und hast du es nicht *gewollt*?!"

„Doch, ja, aber ... Ich meinte doch: ich war mit ganz anderem beschäftigt ..."

„War es denn nicht wie die Erfüllung eines heimlichen Traums?"

Alex sah Maria erstaunt an. Auf ihre Weise hatte sie ihn offenbar bereits vollkommen durchschaut, schon bevor sie gemeinsam ins Bett gestiegen waren. In ihrer Rechnung hatte nur ein einziges Detail gefehlt: seine ‚Klitoris', die in Wirklichkeit ein gut funktionierender Schwanz war. Aber weibliche Rechnungen funktionierten bekanntermaßen auch, wenn der eine oder andere Faktor fehlte.

Maria strahlte ihn an. „Siehst du", sagte sie. „Benutz' den weiblichen Teil deines Gehirns. Das musst du vielleicht noch lernen." Dann wurde sie plötzlich geschäftig. „Aber das kriegen wir schon hin", fügte sie an, während sie sein Höschen suchte. Als sie es gefunden hatte, streifte sie es über seine Beine. Strümpfe, Schuhe und BH trug er ohnehin noch immer, wie die beiden Grazien auch. Offenbar liebten sie es nicht, sich vollständig zu entkleiden. Maria zog Maries Höschen wieder ganz hoch, leckte noch einmal genüsslich Alex' ‚Klitoris' und den dazugehörigen Schambereich sauber und zog das Höschen dann sorgfältig wieder ganz hoch.

„Wo hast du dein Nachthemd?"

Alex zeigte auf das Kopfkissen.

Maria holte das Nachthemd, streifte es ihm über, nahm ihm dann Strapsgürtel, Strapse, Strümpfe und Schuhe ab und schickte ihn ins Bad, um sich zu abzuschminken und zu waschen. Als er wiederkam, lagen die beiden Frauen eng umschlungen unter seiner Decke und freuten sich ganz offensichtlich auf seine Rückkehr.

Alex musste lächeln. Wieder einmal konnte er nicht

fassen, was hier geschah. Es war wie im Märchen. Nur dass der Verlauf dieser Geschichte alles andere als vorhersehbar war und auch das Ende – „… und wenn sie nicht gestorben sind, dann leben sie noch heute …“ – nicht gerade in jene Richtung wies, die er sich für das Ende dieser Geschichte wünschte. Obwohl …

Der nächste Morgen

Martha und Maria verließen in der Morgendämmerung das Bett und zogen sich heimlich in ihr eigenes Zimmer zurück. Alex blieb noch liegen und träumte weiter von dieser Nacht, die ihm wie der Eintritt in eine ganz neue Welt erschien, schon wieder. Diese Traumfrauen hatten ihm eine Tür geöffnet, und selbst nachdem sie sein Geheimnis gesehen und seine delikate Situation erkannt hatten, hatten sie ihn in diese neue Welt mit hinein genommen, ohne ihn im Übrigen von nun an als Mann zu behandeln. Vielmehr schienen sie in ihm weiterhin eine attraktive, begehrenswerte, junge Frau zu sehen, die allerdings glücklicherweise mit jenem Spielzeug gesegnet war, das einer Frau normalerweise nur in Umschnall-Form zur Verfügung stand. Das machten sie so geschickt, dass Alex sich irgendwann fragte, ob es eigentlich auch Frauen gab, die sich operativ einen Penis zulegten, ohne jedoch zum Mann zu werden, um auf diese Weise als Höchstform des Sexualspielzeugs behandelt zu werden. Denn so wie Martha und Maria ihn nun behandelten, vermittelten sie den Eindruck, als sei jetzt wirklich alles perfekt, wo sonst immer irgendetwas unvollständig war.

Plötzlich schreckte er auf. Er meinte, ein Geräusch in seinem Zimmer gehört zu haben. Ganz leise nur, aber es schien aus der Richtung zu kommen, in der die verschlossene Tür lag. Sofort musste er an seinen unseligen Traum in der ersten Nacht denken, in dem Tom und wohl auch Quasimodo durch diese Tür sein Zimmer betreten hatten. Alex schaltete das Licht ein. Die Tür war verschlossen, niemand war da.

Langsam beruhigte er sich wieder und sank in die Kissen zurück. Wenn der Tag angebrochen war, würde er eine Truhe oder einen Schrank vor diese Tür schieben, nahm er sich vor, während er sich zurücksinken ließ und wieder einschlief.

Als er erwachte, war es draußen schon fast hell, wahrscheinlich rückte die Frühstückszeit bereits näher. Aber er wollte noch ein wenig seinen Gedanken nachhängen.

Martha und Maria … dass geschehen war, was geschehen war, konnte er noch immer nicht glauben. Dass sie ihm, ausgerechnet ihm, Anteil gaben an ihrem glamourösen Leben! Diese Art von Leben war für ihn bisher das der Schönen und Reichen gewesen, ein Leben wie auf einem anderen Stern, fernab jener Realität, die *seine* Welt prägte. Es hatte keine Verbindungspunkte gegeben, so wenig wie Geschichten in Dostojewskis oder Tolstois Erzählungen etwas mit seinem Leben zu tun gehabt hatten. Nun aber hatte er plötzlich einen Zugang erhalten, hatte Anteil daran, sogar lebhaften! Er war mitten in einer solchen Geschichte, sogar ein wesentlicher Teil von ihr!

Allerdings musste er zugleich an das denken, was Martha und Maria am Beginn dieser unvergesslichen Nacht gesagt hatten. Es war weniger das, *was* sie gesagt, eher *wie* sie es gesagt hatten. „Dein Körper ist so weiblich, wie ein männlicher Körper, der noch nicht mit Hormonen behandelt oder einer Operation unterzogen wurde," – das ‚noch' war ihm besonders aufgefallen: *„noch* nicht mit Hormonen behandelt". Sie hatten von „Trans-Frauen", gesprochen, von „Klitoris", hatten „daran solltest du dich gewöhnen" gesagt und „… bist du ganz sicher auch eine sehr schöne Frau!" Je länger er nachdachte, desto mehr Formulierungen fielen ihm ein, die ihn seltsam berührt hatten und die im Nachhinein fast nach einem verborgenen Hintersinn klangen. Sie alle schienen irgendwie auf eine Zukunft hinzudeuten, in der er noch immer und sogar immer mehr Frau sein würde, auch wenn die Geschichte mit Tom längst vorbei sein mochte. „... *bist* du ... eine schöne Frau" – das hatten sie tatsächlich so gesagt! Die beiden machten keinen Hehl daraus, dass sie dies zu wünschen schienen. Und sie schienen Frauen zu sein, die in der Regel bekamen, was sie wollten.

Langsam wurde es Alex wieder mulmig, ganz so, als würde etwas mit ihm geschehen, von dem er nicht wusste, wieviel Einfluss er selbst eigentlich darauf haben würde. Möglicherweise gehörte dies sogar zu der ‚Welt' hinzu, die er mit diesen beiden Göttinnen betreten hatte: dass er langsam aber unaufhaltsam die Kontrolle über sich selbst und das, was mit ihm geschah, verlor. Eigentlich war der Plan doch gewesen, dass er mit dem Geld, das er durch diesen Job verdiente, in ein Leben als Mann zurückkehrte bzw. sich ein neues Leben aufbaute, das ganz selbstverständlich ein Leben *als Mann* sein würde. Aber bei dem, was diese beiden Frauen zu wünschen schienen, spielte dieser Plan offensichtlich keine Rolle! Er hatte mit ihnen darüber noch gar nicht gesprochen, fiel ihm nun auf. Diese Frage, ob er nach seinem Auftrag in eine Existenz als Mann zurückkehren würde, war nicht gestellt worden – als sei sie ohne Belang, käme eine solche Rückkehr überhaupt nicht in Frage.

Alex wurde zunehmend unruhig. Märchenhaft hin oder her: er würde wachsam sein müssen, um nicht unversehens auf ein Gleis geschoben zu werden, auf das er nicht geraten wollte.

Andererseits erinnerte er sich daran, wie er an jenem Morgen noch in Deutschland Pauls und Ediths Haus betreten und nur das Dienstmädchen angetroffen hatte, so dass er seinen Rückzugs-Plan nicht hatte durchführen können; und wie er später am Flughafen erneut versucht hatte, sich dagegen zu wehren, diese Rolle weiterspielen zu müssen und in eine immer schwierigere und ausweglosere Situation zu geraten, und es war wiederum vergeblich gewesen. Sein Widerstand hatte nichts genützt. Es war ihm damals trotz seines erklärten Willens nicht gelungen, die Kontrolle über sein Leben zurückzugewinnen und in sein altes Leben zurückzukehren.

Und hatte er diese denn jetzt? Konnte er sich entscheiden, die Kleider, den BH und die High heels auszuziehen, seinen Bart wachsen zu lassen und wieder Mann zu werden?

Sicher: der Vertrag war noch nicht unterschrieben. Rein rechtlich konnte er noch immer zurück.

Aber da gab es eben mehr als das Recht, das in seinen Augen nicht einmal eine besondere Rolle spielte. De facto konnte er schon jetzt nicht mehr zurück. Es gab die ganze Zeit über gewichtige Gründe, auch jetzt. Er war schon jetzt an dieses Leben gebunden …

War er gezwungen worden? Überrumpelt? Oder hatte er sich letztlich nicht doch aus freien Stücken immer weiter in dieses Leben hineinziehen lassen?

Was sollte es bringen, das aufzudröseln. Er hatte einen Plan und dieser Job sollte ihm zu seiner Durchführung verhelfen. Und das *würde* er, wenn er alles richtig machte und das Geld verdiente, das ihm zugesagt war.

Nur war in diesem Plan eben nicht vorgesehen gewesen, dass Traumfrauen wie Martha und Maria auftauchten und ihm den Zugang zu dieser Traumwelt eröffneten. Zu dieser Welt würde er nur in Frauenkleidern zugelassen werden. In Männerkleidern wäre er für die beiden überzeugten Lesben uninteressant, daran bestand nicht der geringste Zweifel. Aber: Gab es eigentlich einen Rückweg aus dieser Traumwelt?

Andererseits *gewährten* sie ihm nicht nur den Zugang, sie *drängten* ihn geradezu hinein in diese Welt, vielmehr: *sie*, Marie; sie drängten *sie* hinein in diese Welt; eine Trans-Frau mit dem einen Utensil, das sie verwirrenderweise ‚Klitoris' nannten!

Es stand außer Frage, dass diese Welt, jedenfalls wenn Martha und Maria darin vorkamen, auf Alex einen ungeheuren Reiz ausübte. An der Seite dieser Frauen musste das Leben in dieser Welt ein Leben der unbegrenzten Möglichkeiten sein! Die Selbstverständlichkeit, mit der sie ihn auf sein Zimmer begleitet und diese Nacht eingeleitet hatten, hatte es ganz deutlich gemacht: Für sie gab es kein ‚Nein'. Und es gab keine Grenzen, keinen unerfüllbaren Wunsch. Frauen wie diese kannten kein Scheitern. Sie bekamen, was sie wollten. Und warum? Weil sie traumhaft schön waren, liebens-, mehr noch: verehrungswürdig. Einer solchen Frau wurde keine Bitte abgeschlagen, niemals, nirgendwo. Erst recht nicht, wenn sie zu zweit auftraten! Sie brauchten nur einmal zu lächeln, es brauchte nur einen einzigen Augenaufschlag oder eine leichte Berührung …

Und nun hatten sie sich offenbar *ihn* zu ihrer Aufgabe gemacht. Oder zu ihrem Vergnügen erklärt. Oder vielmehr *sie*, Marie. Es war ganz deutlich geworden, dass sie Pläne mit ihr hatten. Und jetzt, da sie um das extravagante Utensil wussten, übten diese Pläne noch mehr Faszination auf sie aus als zuvor, als sie Marie einfach für eine attraktive Frau gehalten hatten, die ‚es' wollte. Er wusste: eigentlich wäre es klüger, sich nicht darauf einzulassen, doch ihm war ebenso klar, dass er sich den Wünschen der beiden niemals würde widersetzen können. Niemals! Er würde tun, was sie wollten, egal, *was* sie wollten – einfach *weil* sie es wollten!

War das wirklich so?

Wenn sie zum Beispiel wollten, dass er sich einen Busen operieren ließe – „es gibt keinen schöneren Ort!" – und sei es Größe D: würde er das tun?

Spontan konnte er es nicht mit Sicherheit sagen. Aber er konnte es auch nicht ausschließen. Wenn sie ihn ernsthaft darum bitten würden: wahrscheinlich würde er es tun, wahrscheinlich sogar ohne Bedenken zu äußern, wenn auch nicht ohne Herzklopfen. Einfach, weil sie ihn würdigten, ihn um etwas zu bitten. Er wusste ganz genau: Eine Bitte von ihnen wäre für ihn in jedem Fall und unbesehen eine Verpflichtung. Solchen Frauen schlug man einfach nichts aus!

Alex wollte nicht weiter darüber nachdenken. Zu beunruhigend waren die Eventualitäten, die sich auftaten, beunruhigend nicht zuletzt deswegen, weil sie für ihn auch mit einem großen Reiz verbunden waren. Einlass in diese Traumwelt zu erhalten – wenn der Preis war, dass er dafür Frau bleiben musste: war er dann zu hoch? Wenn er sich operieren lassen müsste, einen eigenen, echten Busen bekommen würde, der ein schönes Dekolletee bildete – wenn *sie* es sich wünschten, um diesen Busen, dieses Dekolletee genießen zu können! Wenn *sie* Marie mehr mochten als Alex …

Alex wollte diese Gedanken nicht zu Ende denken. Er stand auf und begann mit Maries Morgentoilette, um wie immer duftend und fertig gestylt beim Frühstück zu erscheinen, wo wahrscheinlich schon Maries Verlobter auf sie wartete.

Der Tag verlief in ausgesprochen entspannter, nicht selten ausgelassener Atmosphäre. Zunächst fanden sich alle, Tom eingeschlossen, zum Frühstück ein. Als Marie, gekleidet in ein blumiges Kleid mit schwingendem Rock, den Raum betrat, sprang er von seinem Stuhl auf, winkte sie zu sich – der Stuhl neben dem seinen war für sie bestimmt –, begrüßte sie mit einem vorsichtigen Kuss auf beide Wangen und rückte ihr dann aufmerksam den Stuhl zurecht, so dass sie Platz nehmen und dabei ihren Rock glatt streichen konnte.

Nach dem Frühstück mussten die ersten Gäste bereits wieder aufbrechen. Für Ingo, David, Elisabeth, Malcolm, Susanne und Helmut standen schon Wagen bereit, um sie zum Flughafen zu bringen, von dem aus sie nach Hause zurückkehrten. Helen war vermutlich diejenige mit dem kürzesten Anfahrtsweg, sie wollte jedoch noch zwei Tage bleiben. Bernhard hatte aus Alex unbekannten Gründen nicht im Castle übernachtet, würde aber irgendwann wieder auftauchen, wie es hieß.

Die Verabschiedung der Abreisenden mündete, nachdem die Wagen die Allee hinunter in Richtung Pförtnerhaus verschwunden waren, in einen gemeinsamen Spaziergang durch den Park. Marie trug zu ihrem Kleid passende Schuhe mit ziemlich hohen Absätzen – sie zwangen Alex zu kleinen Schritten, weiblicher Haltung und gezierten Bewegungen, wobei er beinahe soweit war, sich einzugestehen, dass er diese eleganten Schuhe mit den damit verbundenen Bewegungen ausgesprochen mochte –, so dass es nur natürlich war, dass ihr Verlobter ihr seinen Arm bot und sie aufmerksam über die unebenen und zum Teil aufgeweichten Wege führte. Später erzählte Martha, welch schönes und natürliches Bild es gewesen sei, das die beiden geboten hatten: die junge, elegante Verlobte an Toms Arm, Seite an Seite und zum Teil begleitet von einem der großen Hunde, die frei auf dem Gelände herumliefen und in Gegenwart des Schlossherrn ganz zahm wirkten. Martha hatte Fotos gemacht, die für das Album zum Thema „Verlobung" und „Die Zeit vor der Hochzeit" bestimmt waren. Als Alex sie sah, war er wieder einmal überrascht: das sah wieder einmal so märchenhaft aus, dass er kaum glauben konnte, dass es wirklich *er* war, der da an der Seite des Mannes im Smoking auf hohen Schuhen und mit schwingenden Röcken durch den Park spazierte!

Nach dem Mittagessen zerstreute sich die Gesellschaft, um Mittagsruhe zu halten. Alex war froh, ein wenig für sich sein zu können. Er machte es sich in seinem Zimmer bequem und war bald eingenickt. Er erwachte durch ein Klopfen an seiner Tür, und ehe er noch „herein!" gesagt und wieder richtig wach geworden war, standen schon die beiden Grazien neben ihm mit einem Tablett in der Hand, auf dem sich Kaffee-Geschirr, eine Kaffee-Kanne und eine Auswahl von verführerischen Kuchenstückchen befanden. Sie hätten beobachtet, sagten sie, dass Marie zum allgemeinen Kaffee- bzw. Teetrinken nicht erschienen war. Da hätten sie beschlossen, nach ihr zu sehen. So saßen sie den größten Teil des Nachmittags in Maries Erker mit einem ungehinderten Blick auf den Park an der Rückseite des Castles, und unterhielten sich.

Alex wunderte sich, wie einfach das mit den beiden ging. Sie hatten keine Scheu, Fragen zu stellen und interessierten sich in einer Weise für ihn, die er als ungewöhnlich und empathisch empfand. Von der Oberflächlichkeit, die den Amerikanern gewöhnlich nachgesagt wurde, konnte er nichts erkennen, stattdessen zeugten ihre Fragen und Erwiderungen von sehr viel reflektierter Lebenserfahrung, was sie andererseits nicht davon abhielt, das Leben zu lieben und es zu genießen, wo immer sich die Möglichkeit bot.

Als ein zentrales Thema entwickelte sich die Frage nach dem Frausein. Sie wollten von seinen Erfahrungen mit der neuen Rolle wissen, von dem, was einen Mann daran irritierte und was er genießen konnte. Es dauerte nicht lange, da hatten sie von seinen ersten Erlebnissen in Frauenkleidern gehört, bis hin zu dem Missbrauch, dessen Opfer er in jenem unseligen Bierzelt und unter den ungerührten Augen seiner Frau geworden war. Er hätte sich keine mitfühlenderen, verständnisvolleren Zuhörerinnen vorstellen können. Seltsamerweise war die Schwelle, ihnen von diesen intimen Details zu erzählen, gering. Noch größer war die Überraschung, als er erfuhr, dass es viele Mädchen und junge Frauen gab, die solche oder ähnliche Erfahrungen gemacht hatten, und dass auch für sie beide dies in gewisser Weise zutraf. Inwieweit es zu ihrer sexuellen Orientierung beigetragen hatte, wollten sie nicht genau bestimmen. Vielleicht hatte es einen gewissen Anteil daran, sagten sie. Allerdings waren ihre Erlebnisse weniger extrem gewesen als die seinen.

Heimlich fragte sich Alex, ob ein solches Gespräch auch möglich gewesen wäre, wenn er nicht Rock und BH und Seidenstrümpfe und einen Slip tragen würde. Ob dies ein typisches Gespräch war, das nur Frauen untereinander führten. Er wusste, dass sich schon Mädchen im Teenie-Alter stundenlang miteinander unterhielten, ohne dass er hätte sagen können, worüber eigentlich. Als Junge nahm man an: über Jungen, Nagellack, die Menstruation, Mode, vielleicht andere Mädchen, über die man herzog. Aber diese Gespräche hörten ja nicht auf, wenn aus den Mädchen Frauen geworden waren. Auch Frauen konnten sich stundenlang unterhalten, und wenn sie von einem solchen Gespräch am Mädelsabend nach Hause kamen, nahmen sie als erstes den Hörer in die Hand und setzten das Gespräch am Telefon fort, als hätten sie das Wichtigste während der vergangenen Stunden zu sagen vergessen.

Und nun war er selbst Teil eines solchen Gesprächs. Aber anders als er es sich vorgestellt hatte, so lange er noch Hosen getragen hatte, war es ausgesprochen angenehm. Sie hatten es sich gemütlich gemacht – Marie saß auf einem kleinen Sofa, hatte die Beine neben sich auf die Sitzfläche gelegt und den Stoff des Rocks über die in zarten Seidenstrümpfen steckenden Füße ausgebreitet – und plauderten ganz ungezwungen. Es war keine anstrengende Konversation, in der man sich bemühen musste, das Gespräch am Laufen zu halten. Es ging auch nicht darum, den anderen zu beweisen, wie schlau und gebildet man war, dass man bestimmte Zusammenhänge besser durchschaute als die anderen, man die zutreffenderen Informationen oder wenigstens die schlagfertigeren und witzigeren Bemerkungen parat hatte. Es war ganz einfach ein Austausch von Meinungen und Erfahrungen, was mit so viel Anteilnahme und so rege geschah, dass zu keinem Zeitpunkt die Gefahr bestand, dass das Gespräch versiegen könnte oder langweilig würde. Und wenn es eine Pause gegeben hätte, wäre es vermutlich auch kein Drama gewesen, dann hätten sie eben eine Weile gemeinsam geschwiegen. Allerdings konnte er sich nicht vorstellen, dass es mit diesen beiden Frauen jemals zu einem solchen Schweigen kommen würde. Dafür waren sie viel zu lebhaft und zu interessiert.

Irgendwann schnitt Martha das Thema Männer an. Die beiden waren nicht so extrem lesbisch, dass sie sich nicht hin und wieder auch einmal mit einem Mann eingelassen hätten. Ein männlicher Körper und vor allem das entscheidende, männliche Detail konnte sie entzücken, selbst wenn sie anschließend wieder zum anderen Geschlecht zurückkehrten und für längere Zeit dabei blieben.

„Aber wie ist es mit dir?", fragte Martha schließlich. „Ich meine – sicher, du hast da eine unschöne Erfahrung mit Männern machen müssen. Aber glaubst du, dass für dich das Thema damit vollkommen abgeschlossen ist? Für immer und ewig?"

Alex dachte nach. Es entstand eine Stille, die keine der Frauen unterbrechen wollte. Sie ließen ihm Zeit. Schließlich sagte er: „Es ist seltsam. Noch vor einer Woche hätte ich über diese Frage nicht weiter nachdenken müssen. Schließlich bin ich keine Frau und habe mich bisher für absolut hetero gehalten. Ich liebe und begehre Frauen, immer schon und in einer Weise, die mit meinen Gefühlen Männern gegenüber einfach nicht vergleichbar war."

„Und nun?" Martha und Maria schauten ihn gespannt an.

Er zögerte. Er wusste nicht, ob er ihnen sein tiefstes Geheimnis verraten sollte, dem er selbst gerade erst auf die Spur kam. „Sagen wir mal so: Nun gibt es Erfahrungen, die zu diesem Bild irgendwie nicht passen wollen."

„Zum Beispiel?"

„Oje!" Alex atmete tief durch.

„Nur zu", ermutigte Martha ihn. „Trau dich!"

Gespannte Stille.

„Ok. Also: Zum Beispiel irritiert mich, dass ich manchmal an Männer denke, wenn ich mich anziehe. Ich meine, dann will ich *gefallen*, auch den anwesenden Männern, bin weit davon entfernt, einfach nur eine Rolle zu spielen, sozusagen ohne Rücksicht auf Verluste."

„Ohne Rücksicht auf Verluste? Was meinst du damit?"

„Na ja, irgendwie habe ich doch das Gefühl, dass mir etwas von meinem eigenen Selbstverständnis verlorengeht, wenn das so ist, oder nicht? Ich will *Männern* gefallen?! Was ist denn das?! Ich bin doch nicht schwul!"

„Wäre das denn so schlimm? Außerdem: was heißt denn schwul? Wenn ich mir dich" – sie deutete auf die Kleidung, auf die ganze ‚Marie' – „neben einem Mann vorstelle, händchenhaltend, kuschelnd, küssend, dann sieht mir das alles andere als schwul aus. Was also wäre daran schlimm?"

Alex zögerte. „In jedem Fall würde das das Bild, das ich bis jetzt von mir hatte, ziemlich verändern."

„Bis jetzt? Oder bis vor zwei Wochen?"

„Na ja ..."

„Und das ist das, was du fürchtest?"

„Das wäre zumindest eine Art Verlust."

„Ich kann darin keinen Verlust sehen", stieg nun auch Maria in das Gespräch ein. „Eins ist doch klar: Solltest du herausfinden, dass du schwul bist, dann bist du *auch* schwul – also bist du bi."

„Wie wir", fügte Martha an, breitete die Arme aus und strahlte.

„Dann ist das Schwulsein – wenn man es denn Schwulsein nennen will, wenn unsere wunderschöne Marie mit ihren roten Lippen einen Mann küsst – dann ist das Schwulsein also keine Einschränkung, sondern eher eine Erweiterung deiner Möglichkeiten. Dein Selbstbild müsste also eher bunter und vielfältiger werden, als dass etwas verlorenginge."

Alex sah Maria aufmerksam an. „Aber immerhin ist ... oder wäre ... es doch etwas Überraschendes. Damit müsste ich erst einmal umgehen lernen."

Maria setzte sich neben ihn auf das kleine Sofa, legte seine Füße auf ihren Schoß und begann seine Beine zu streicheln. Langsam fuhr sie mit ihrer Hand hinauf und unter Maries Rock, bis sie zu ihrem Höschen kam. Sanft nahm sie den Penis in ihre Hand.

„Und wenn du daran denkst, einen männlichen Schwanz in deine Hand zu nehmen ..."

„... von einem Mann, den du magst", fügte Martha hinzu, „einem gutaussehenden, starken Mann mit einem schönen, starken Schwanz!"

„Sagen wir: den Schwanz von Bernhard."

Etwas regte sich in Alex – oder Marie. Wie kam sie gerade auf Bernhard?

Maria bearbeitete sanft sein Glied unter dem Rock, beobachtete ihn dabei und fuhr schließlich fort: „Kannst du dir denn gar nicht vorstellen, dass das auch für dich erregend sein könnte? Dass es dir gefallen würde, so etwas Schönes in deiner Hand zu haben, noch dazu wenn du spürst, wie es auf deine Bewegungen, auf *Dich*, reagiert?"

Alex wollte gerade nichts sagen. Er war viel zu verwirrt. Seine Erregung wuchs, aber war es aufgrund der Tatsache, dass Maria seinen Schwanz bearbeitete, oder aufgrund der Bilder, die sie in ihm heraufbeschwor? Er bemerkte, dass die Vorstellung, die Maria da in ihn einpflanzte, durchaus nicht so weit vom Bereich des Möglichen entfernt war, dass er sie brüsk hätte abstreiten können. Aber zugleich regte sich Widerstand in ihm. Er war eben *nicht* schwul und wollte es auch nicht sein!

„Es stört dich, nicht wahr?" Martha hatte ihn beobachtet. Sie saß in ihrem Sessel, ganz in der Nähe des kleinen Sofas, streifte nun ebenfalls ihre Schuhe ab und begann, Alex mit ihrem bestrumpften Fuß zu streicheln. Einen Augenblick wartete sie, bis sie fortfuhr: „Es stört dich, dass dir die Vorstellung gefällt. Oder dass da etwas sein könnte, das dir gefallen *könnte*. Nein, eigentlich weißt du schon, dass es dir gefallen *würde*. Bei einem Mann wie Bernhard – groß, männlich, trotzdem einfühlsam, nicht dumm, unverkennbar sinnlich. Es stört dich, dass da etwas wächst in dir, das über kurz oder lang herauskommen wird." Sie hielt einen Augenblick inne. „Aber warum stört dich das? Vor wem und für wen musst du unbedingt ausschließlich hetero sein? Wem musst du das beweisen? Wäre das nicht vielleicht sogar ein bisschen ... dumm, liebste

Marie? Ich meine: sieh dich an, wie du da sitzt: ganz eine attraktive, junge Frau. Wen um alles in der Welt würde es verwundern, wenn du dich für Männer interessieren würdest? Wo du doch in allen anderen Punkten so absolut authentisch eine Frau bist!"

„Authentisch hin oder her", brach es nun aus Alex hervor, „ich *bin* eben keine Frau, ich spiele nur diese Rolle!"

Darauf sagten die beiden lange nichts.

Kino

Für den Abend lud Tom ein. Er ließ durch Paul verkünden, dass er sie alle gern mit in seinen Kinosaal nehmen und ihnen einen Filmabend bereiten wolle. Er habe einen Film ausgesucht, der ihm besonders am Herzen liege.

Zum Abendessen, das sie vorher gemeinsam einnahmen, war Abendgarderobe angesagt. Alex hatte sich kaum recht für eines der Kleider entscheiden können, die Marie im Schrank hängen hatte. Nach mehreren Versuchen fiel die Wahl auf ein blass-blaues Kleid aus einem Chiffon-Stoff mit einem von der Taille aus stoffreich bis zum Boden fallenden Rock. Es legte sich eng um Bauch, Busen und Oberkörper und war in diesen Bereichen reich bestickt. Arme und Dekolletee bestanden dort, wo keine Stickerei war, aus dünner, kaum sichtbarer Gaze. Dazu trug sie passende Riemchen-Schuhe mit schmalen, hohen Absätzen – was sein musste, da der Stoff des Rocks sonst den Boden berührt hätte.

Alex fühlte sich in diesem Kleid und diesen Schuhen wie eine Prinzessin – unglaublich elegant und *sehr* weiblich. Eben danach war ihm gerade gewesen: er spürte, wie er nach den Gesprächen des Nachmittags entweder Widerstand leisten und eine professionelle Schutzhaltung einnehmen oder den Weg weitergehen konnte, was nur im Sinn eines Weitertreibens der Feminisierung denkbar war. Er war sich bewusst, dass sich damit die Frage stellte, wie weit er eigentlich zu gehen bereit war. Wie feminin würde er werden wollen in der Zeit, die er in dieser Rolle verbrachte? Wo war der Punkt, an dem es für ihn nicht mehr weiter gehen würde? – Dass es auch einen Punkt geben könnte, an dem es für ihn kein Zurück mehr geben würde, war ihm zu diesem Zeitpunkt noch nicht bewusst.

Als er das Esszimmer betrat, ging er mit kleinen, betont schnellen Schritten, denn seitdem er in diesem Kleid lief, genoss er es, wie der leichte, aber sehr gut spürbare Stoff des Rockteils seine frisch rasierten, glatten Beine in ihren spitzenbesetzten Stay Ups umspielte. So rauschte Marie durch die Doppelflügel-Tür des Speisezimmers und war dabei so sehr auf das Gefühl konzentriert, das diese Bewegung in ihr erzeugte, dass sie gar nicht mitbekam, wie alle anwesenden Männer von ihren Stühlen aufsprangen und sie bewundernd beobachteten.

Marie schwebte um den Tisch herum und an die Seite ihres Verlobten, der sie zunächst mit einem eleganten Handkuss, dann wiederum mit leichten Küssen auf beide Wangen begrüßte und ihr behilflich war, auf ihrem Stuhl Platz zu nehmen.

Erst als er den Stoff des Kleids geordnet, die Serviette auf seinem Schoß ausgebreitet hatte und in die Runde schaute, bemerkte Alex, dass außer Helen, Virginia und Martin auch Bernhard wieder da war und dass dieser ihm ausgerechnet schräg gegenüber saß, pikanterweise zwischen Martha und Maria. Sobald er ihn erblickt hatte, fing er auch schon einen seiner intensiven Blicke auf und stellte beschämt fest, dass er errötete – selbst wenn Marie dieses Erröten vielleicht durchaus stand, wie die Mienen der beiden Grazien vermuten ließen, war es Alex doch unangenehm, und so wandte er sich gleich an Martin, der an seiner rechten Seite saß, und fragte ihn nach jenem Castle, das er und Virginia gekauft hatten. Er erfuhr, dass es sehr romantisch an einem kleinen See in den Highlands lag, allerdings zu einem Teil noch Ruine war.

„Well", lachte Martin mit einem unverkennbar amerikanischen Akzent, „das dauert nun schon 400 Jahre lang, da wird es auch noch ein paar Jährchen länger halten."

Denn es war ihr Ziel, die Burg wieder möglichst vollständig aufzubauen, was an einigen Stellen allerdings einer Rekonstruktion oder sogar einem Neubau gleichzukommen schien.

Während Martin erzählte, versuchte Alex krampfhaft, sich nicht von Bernhards Blicken irritieren zu lassen. Dieser schien sich mit seinen Tischnachbarinnen nur oberflächlich zu unterhalten, während seine Augen fast ununterbrochen auf Marie ruhten. Alex spürte, wie er unsicher wurde. Das Kleid, das seinen Oberkörper eng umschloss und die Brüste deutlich hervorhob, ließ ihn, obwohl kaum nackte Haut zu sehen war, sich schutzlos fühlen, und so wandte sich Marie schließlich an Tom, Hilfe bei ihrem Verlobten suchend. Und tatsächlich: Tom benötigte zwar mehr Zeit, um seine Sätze zu formen, aber dafür schien er über jedes Wort nachgedacht zu haben und war nicht selten originell und interessant. Er war zu diskret, um Marie nach ihrem Leben auszufragen, stattdessen erzählte er über die Geschichte des Castles am Lake Windermere, da er offenbar das Gespräch zwischen Marie und Martin verfolgt hatte. Dann kam er auf Paul zu sprechen. Es wurde deutlich, dass er sich sehr wohl bewusst war, was Paul für ihn tat, wie er für ihn und seine ‚heile Welt' sorgte. Geistig, so gewann Alex den Eindruck, war Tom durchaus nicht so gehandicapt, wie sein ständiges Lächeln es nahezulegen schien. Man konnte sich mit ihm unterhalten und war eher versucht, ihn für einfältiger zu halten, als er es in Wirklichkeit war. Entsprechend meldete sich sein schlechtes Gewissen, und mit diesem die Sorge, dass Tom längst durchschaut hatte, welches Spiel ihm hier vorgespielt wurde. Aber wenn dem so war: warum spielte er dann mit? Wollte er Paul einen Gefallen tun? Alex suchte krampfhaft nach anderen Gründen, die es noch dafür geben könnte. In diesem Augenblick fiel ihm wieder der Traum ein, den er in seiner ersten Nacht im Castle gehabt hatte. Und während Tom auf Pauls Kanzlei zu sprechen kam und in welch schwärmerischer Weise er sich über Maries Mitarbeit dort geäußert hatte, dachte Alex darüber nach, ob es eine logische Verbindung zwischen dem Tom, der hier neben ihm saß, und jenem seines überzogenen Traums geben könnte.

Eine Pause, die Tom machte und die deutlich länger war als seine üblichen Pausen, in denen er sich sammeln und nach Wörtern suchen musste, rief ihn in die Gegenwart zurück und machte ihm deutlich, dass Tom nun doch eine Frage an Marie gestellt hatte. Glücklicherweise hatte er diese mit einem Ohr mitbekommen.

„Ja", sagte er und lächelte, „mir hat dieser Tag in Pauls Kanzlei auch gefallen. Alles ist so kultiviert, die Mitarbeiter waren ausgesprochen nett zu mir und es war alles in einer so guten Ordnung, dass ich zumindest keinen größeren Fehler gemacht habe, denke ich. Ein ausgesprochen angenehmes Arbeitsumfeld."

„Und – würdest du dort gern weiter arbeiten – vielleicht zeitweise?"

Alex dachte einen Augenblick über die Strategie nach, die jetzt angebracht oder geboten war. Er glaubte, dass es gut sei, zögerlich und unentschlossen zu wirken.

„Ich weiß noch nicht. Ich würde gern erst einmal sehen, wie sich mein ... unser Leben hier entwickeln wird. Ich meine, vielleicht gibt es Aufgaben, die ich hier übernehmen sollte, wenn wir dann einmal verheiratet sind. Ob dann aber die Zeit bleibt, immer wieder auf den Kontinent zu fliegen und dort einer geregelten Arbeit nachzugehen, kann ich jetzt noch nicht abschätzen."

Tom sah Marie weiterhin so strahlend an, wie er sie schon die ganze Zeit angesehen hatte.

„Meine liebe Marie," entgegnete er dann in seiner stockenden Art, „du bist ganz frei von irgendwelchen Zwängen. Wenn du nicht willst, musst du keine Aufgaben übernehmen. Wenn du in Pauls Kanzlei arbeiten möchtest, kannst du das tun. Dafür werde ich sorgen."

Auch wenn die Wortwahl etwas holprig war: aus seinen Worten sprach eine große Zuneigung und der unbedingte Wille, Marie alles zu ermöglichen, was dazu beitragen könnte, dass es ihr gut ging. Alex war geradezu gerührt. Er überlegte kurz, seine – vielmehr: Maries Hand auf die von Tom zu legen, die neben dem Besteck an der Tischkante lag, und sie sanft zu drücken. Das wäre sicherlich eine unverkennbar weibliche Geste gewesen, die einer liebenden Verlobten sogar angemessen gewesen wäre. Aber noch immer spürte er die Verunsicherung, die Bernhards Blicke in ihm erzeugt hatten, und zugleich die Scheu vor einer solchen Geste. So blieben ihrer beider Hände unbeweglich nebeneinander auf der Tischplatte liegen.

Ob sie Maries Impuls beobachtet hatte oder nicht, jedenfalls wandte sich in diesem Augenblick Martha, die Alex genau gegenüber saß, an Marie, erhob elegant ihr Glas und prostete ihr zu. Als sie den Gruß erwiderte und an ihrem Weinglas nippte – Maries Lippenstift hinterließ einen dezenten Rand, den Alex plötzlich erregend fand –, rief Martha ihr über die Breite des Tischs zu: „Kennst du eigentlich den alten, englischen Brauch, liebste Marie?"

Alex schüttelte den Kopf und rief zurück: „Welchen meinst du?"

„Den Brauch des sich Zuprostens und des Toasts."

Wieder schüttelte Alex den Kopf. Er wusste nicht, worauf Martha hinauswollte.

„Einen Toast!", rief nun auch Martin, der ganz offensichtlich alte, englische Bräuche mochte, „einen Toast!"

Martha hob ihr Glas und augenblicklich trat Stille ein. Sie wandte sich ausdrücklich an Marie.

„Wäre ich ein Mann, müsste ich nun aufstehen, denn für einen Toast muss man eigentlich stehen. Aber wir Frauen dürfen sitzen bleiben, selbst wenn es um den König geht. Das ist eines der vielen Privilegien, die Frauen bei uns genießen!"

Die Männer klopften mit den Händen zustimmend auf die Tischplatte.

„So bringe ich also den ersten Toast dieses Abends aus. Ich trinke auf das wunderschöne Paar, das sich einander versprochen hat. Mögen ihre Tage erfüllt und glücklich sein!"

Alle erhoben ihre Gläser und wiederholten die letzten Worte. Dann leerten sie sie.

Martha hatte Marie beobachtet, die wiederum nur vorsichtig am Glas genippt hatte.

„Nein, nein," rief Martha wieder, „bei einem Toast musst du das Glas leeren! Auf einen Schluck! Alles andere bringt Unglück."

Wieder klopften die Männer zustimmend mit ihren Händen auf die Tischplatte und Martin rief „Hört, hört!" Alex fiel auf, dass tatsächlich allein sein Glas nicht ganz leer war, und tat, als würde er zutiefst erschrecken, ergriff das Glas und trank es schnell aus.

Sofort wurden die Gläser nachgefüllt.

Da stand Paul auf, der am Kopfende des Tischs gesessen hatte. Er erhob ebenfalls sein nun wieder volles Glas, wandte sich Marie zu und sagte: „Ich möchte auf Marie trinken. Ich wünsche ihr, dass es ihr bei uns gut geht und dass sie hier finden wird, wonach sie sucht!" Die Herren klopften wiederum auf den Tisch und alle leerten ihre Gläser.

Alex war ein wenig verwirrt über diesen Toast, er hatte den intensiven Eindruck, dass mehr dahinter steckte als nur ein üblicher Toast. Schon die Worte von Martha waren offensichtlich mit Bedacht gewählt gewesen. Keine Wünsche für ein möglichst langes, gemeinsames Leben, viele Kinder und anhaltende Gesundheit. Auch Paul schien sich nicht ausschließlich an die Schauspiel-Rolle zu wenden, sondern Tiefsinnigeres im Sinn zu haben. Aber Alex kam nicht dazu, darüber nachzudenken, denn nun erhob sich auch Tom. Er nahm sein erneut gefülltes Glas in die Hand und wandte sich zunächst an Marie, dann an die ganze Runde:

„Ich möchte mit euch allen trinken – auf diese schöne Runde, auf uns alle und ganz besonders auf meine liebenswerte Verlobte!"

Die Männer riefen „Hört, hört!" und alle leerten ihre Gläser.

Es war das vierte Glas Wein, dass Alex nun heruntergeschüttet hatte. Er spürte umgehend die Wirkung.

Sein Gleichgewichtssinn wurde bereits leicht beeinträchtigt und er fragte sich, wie sich unter diesen Voraussetzungen das Gehen auf so hohen Absätzen anfühlen würde. Andererseits hob sich seine Stimmung. Ausgelassen plauderte Marie nun mit Martin, und als Bernhard ihr kurz darauf etwas über den Tisch zurief, antwortete sie vollkommen spontan, forderte ihn sogar heraus, dass er noch keinen Toast ausgebracht habe; sie glaube, dass er ohnehin nur auf den König trinken würde.

Bernhard lachte, ließ die Gläser nachfüllen und erhob sich. Marie war sich nicht sicher, wie sehr der Wein sich bei ihm bemerkbar machte. Sie war gespannt.

Augenblicklich trat Stille ein. Bernhard hatte sein Glas in der Hand.

„Als Paris vor die Aufgabe gestellt wurde, zu entscheiden, welche der drei Göttinnen Aphrodite, Athene und Hera die schönste sei und ihr den goldenen Apfel mit der Aufschrift ‚der Schönsten‘ zu überreichen, war das nicht sein Glückstag. Wäre ich an seiner Stelle gewesen, ich hätte mich aus vollstem Herzen darauf beschränkt, die systematische Bestechung der Göttinnen zu genießen – ich gestehe es freimütig: in dieser Hinsicht bin ich *total* bestechlich! – und mich dann heimlich aus dem Staub zu machen. Und so will ich es auch hier und heute tun." Er erhob sein Glas. „Ich trinke – auf die Schönste!" Dabei schaute er erst auf Virginia, die ihm schräg gegenüber saß, dann auf Maria zu seiner Linken, auf Martha zu seiner rechten, auf Helen und Edith und schließlich auf Marie, und hier ließ er die Augen ruhen, während er in einem langen Zug sein Glas leerte. Dabei schien er zu beobachten, ob auch sie trank und ob sie ihr Glas bis zur Neige austrank.

Marie trank langsam und bedächtig. Mit jedem Schluck schien Bernhards Blick intensiver zu werden und sie mehr und immer mehr zu fesseln, während alle anderen sich ungezwungen gegenseitig zuprosteten und ihre Gläser leerten. Als sie das Glas absetzte und wieder auf den Tisch stellte, fing sie einen Blick von Maria auf und errötete wieder einmal. Maria lächelte ihr vielsagend zu. Dann formte sie mit ihren kirschrot geschminkten, vollen Lippen kurz einen Kussmund und schmunzelte. Marie wandte sich verwirrt an Tom, dessen Glas soeben wieder gefüllt wurde und der glücklich lächelte. Als er bemerkte, dass sie ihn ansah, wandte er sich ihr zu und sagte langsam und mit für ihn typischen Pausen: „Er hat bestimmt ... dich ... gemeint!", nahm sanft ihre Hand in die seine und deutete einen Handkuss an.

„Du bist sehr liebenswürdig", flüsterte sie ihm zu und legte ihre andere Hand auf die seine. Beide lächelten und wer sie beobachtete, musste den Eindruck gewinnen, ein wahrhaft glückliches Brautpaar vor sich zu haben.

Das Essen nahm seinen Lauf und Alex bemühte sich, nur noch wenig zu trinken und Bernhard möglichst nicht mehr anzusehen. Dafür begegneten seine Blicke häufig denen von Martha und Maria, aber immer las er in ihnen eine stille Heraus- oder sogar Aufforderung. Vielleicht wollten sie ihn aber auch nur provozieren.

Als schließlich das Essen beendet war und die Bediensteten Portwein ausgeschenkt hatten, erhob sich Paul noch einmal und sprach den traditionellen Toast auf den soeben erst gekrönten König. Alex spürte, wie ihm der Alkohol unmittelbar in den Kopf stieg.

Ein Herz und eine Krone

„Einer der frühen Filme der Hepburn", sagte Tom langsam; Alex bemerkte, dass er aufgeregt war. „Gedreht 1953, Regie William Wyler. Ihr Partner ist Gregory Peck. Sie war 24." Er wandte sich an den Filmvorführer – offenbar waren sie ein eingespieltes Team. „Kann losgehen, Bruce."

Das Licht wurde abgedimmt, alle lehnten sich in ihren bequemen Kinosesseln zurück.

Alex saß links neben Tom in der ersten Reihe, die in angenehmer Distanz zur riesigen Leinwand stand. Der Sessel hatte rechts keine Armlehne.

Links neben sich hatte er ein kleines Tischchen mit einer sanft schimmernden, winzigen Lampe und, seinem Wunsch gemäß, einem Glas Mineralwasser.

Er hatte sich vorsichtig hingesetzt und sorgfältig darauf geachtet, dass der viele Stoff des Abendkleids nicht geknickt oder verdrückt wurde. Auch er war aufgeregt. Ein Abendkleid zu tragen und sich darin zu bewegen, war ein ganz anderes Gefühl als bei einem kürzeren Rock oder Kleid. Er fühlte sich, als wäre nicht nur die Figur, die er spielte, etwas Kostbares, ein Kleinod – manchmal konnte er diese Figur kaum mehr von sich selbst unterscheiden, vor allem wenn Tom Marie eben so behandelte: wie etwas sehr Fragiles, Schützenswertes, wie seine überaus kostbare, geliebte Verlobte.

Der Vorhang öffnete sich. Alex war für einen Augenblick überrascht, denn selbstverständlich begann der Film ohne vorherige Werbung.

Schnulzige Musik, dann der Schriftzug „Roman Holiday" und der Petersplatz in Rom. Alex war eigentlich noch damit beschäftigt, es sich gemütlich zu machen, so gemütlich jedenfalls, wie es die ungewohnt vornehme Kleidung, der Kinosessel und ein Glas Mineralwasser möglich machte. Dass der Kinosessel auf der rechten Seite keine Armlehne hatte, irritierte ihn ein wenig. Auf diese Weise war er Tom und Tom ihm recht nahe.

Und sofort ist sie da, „ihre königliche Hoheit, Prinzessin Ann" – blutjung, makellos schön, anmutig, elegant. Und doch: an diesen ersten Bildern stört Alex etwas. Es ist das Gestellte, das offensichtlich übertrieben Protokollhafte. Audrey Hepburn, vielmehr: die Prinzessin, die sie darstellt, wirkt wie gehemmt. Natürlich *soll* sie das auch, vermutet Alex, schließlich soll sie den Zuschauer später durch ihre Lebhaftigkeit und den Schalk umso mehr entzücken. Andererseits ist da schon zu Beginn die Sache mit dem Schuh, den die Prinzessin während eines Empfangs verliert und versucht, unauffällig wieder anzuziehen.

Und dann geht es auch schon los. Die Prinzessin privat, kindlich naiv, weinend, lachend. Immer steht die makellose Schönheit Audreys im Mittelpunkt, wird regelrecht inszeniert. Großaufnahmen ihres scheinbar ungeschminkten Gesichts – und sofort ist auch der Entschluss zu erkennen, auszubrechen aus der strengen Hofetikette. Es hat nur wenige Minuten gedauert.

Doch schon muss Alex sich fragen, ob diese Audrey irgendetwas mit Marie zu tun hat. Warum zeigt Tom gerade diesen Film zuallererst? Will er damit etwas sagen? Soll sich Marie an *dieser* Audrey orientieren?

Gregory Peck spaziert gewohnt schlaksig durch die Ruinen Roms und trifft dabei auf die auf einer Mauer liegende Prinzessin; ihr war von ihrem Leibarzt ein Schlafmittel verabreicht worden, dem sie nun, mitten in Rom, erlegen ist.

Da ist sie dann auch schon, die süße Audrey – übrigens mit einer atemberaubend schmalen Taille. *Das* bekommt Marie auf keinen Fall hin, eine solche Taille! Überhaupt, die Kleidung ist überraschend bieder, aber dennoch ... „Ich finde das alles sehr bezaubernd", sagt die Prinzessin halb im Schlaf. Und das ist der richtige Ausdruck, der dem Publikum geradezu in den Mund gelegt wird: bezaubernd. Gregory Peck findet das unverständlicherweise noch nicht – aber das wird sich sicherlich bald ändern. Vorerst geht er recht rabiat mit ihr um, während sie ganz einfach bezaubernd bleibt. Immer und in jeder Situation.

Kleine Einlage Gregory: er erkennt den Vogel, der ihm da ins Netz gegangen ist – und nun, wie könnte es anders sein bei Gregory Peck, ist der Schalk auf seiner Seite.

Am nächsten Morgen ist Audrey noch entzückender, keine Frage, und auf ergreifende Weise wunderschön.

Audrey spaziert durch den römischen Straßentrubel, Gregory, der sie nicht hat aufhalten können, heimlich hinter ihr her. Für ihn ist die Prinzessin die große Chance auf Journalisten-Ruhm, wenn er die Sache nur nicht vermasselt. Sie kauft Schuhe von dem wenigen Geld, das sie hat, und spaziert an der Fontana di Trevi vorbei. Sie trägt noch die gleiche, biedere Kleidung, aber inzwischen wirkt diese schöner an ihr. Der stoffreiche Rock wallt von der atemberaubenden Taille schwingend hinab bis zur Wade. Die langen Haare verdecken die hässliche Bluse. Und die kindliche Freude in ihrem Gesicht macht die Kleidung ohnehin unwichtig.

Gregory immernoch hinter ihr her, inzwischen mit einer Wassermelone in der Hand, die aussieht wie ein

Fußball – er hat kaum mitbekommen, wie er sie aus Gründen der Tarnung gekauft hat.

Vor einem Friseurladen sieht die Prinzessin sich selbst im Spiegel und stellt fest, dass sie ihre Frisur verändern möchte. Also geht sie hinein. Sie sagt dem Friseur, er soll die Haare „ab" schneiden. Er fragt nach, *wie* sie es denn gern hätte. „Ab!"

Gregory verschenkt seinen Melonen-Fußball und wartet vor dem Friseurladen.

Inzwischen entsteht eine hinreißende Kurzhaarfrisur, während der Friseur herauszufinden versucht, wer oder was er da auf seinem Stuhl sitzen hat. Großaufnahme Audrey: bezaubernd! Große Augen, hohe, gewölbte Brauen, leicht geöffneter Mund mit etwas unregelmäßigen Zähnen. Ein atemberaubendes Lächeln. Auch der hässliche Friseurkittel, den sie trägt, kann dem keinerlei Abbruch tun.

Nun mit modischer Kurzhaarfrisur, isst sie auf der Spanischen Treppe ein Eis. Bekommt von einem Blumenhändler eine Nelke geschenkt. Wirkt so arglos, so überwältigend schön, dass Marie Tränen in die Augen steigen. Wie hübsch sie ist! Wie einfach und herzlich sie wirkt!

Jetzt tritt Gregory zu ihr, als würde er zufällig vorbeikommen. Sie verrät ihm, der noch immer auf der Jagd nach seiner Story ist, was sie gern tun würde, wenn sie doch schon einmal in Rom ist. Prompt übernimmt er die Führung. Wunsch Nr. 1: sie sitzen in einem Café am Pantheon und schauen sich den Betrieb um sie herum an. Ein Freund von Gregory kommt zufällig dazu, ein Fotograph; Turbulenzen, damit er sich nicht verrät, denn selbstverständlich erkennt er die Prinzessin sofort. Gregory holt ihn unauffällig ins Boot.

Wunsch Nr. 2: Auf einer Vespa durch Rom fahren. Noch ohne Helm und Schutzkleidung, mit fliegenden Röcken und den Wind in ihrem Haar. Spaziergang durch das Kolosseum. Der Freund ist nun immer dabei, macht heimlich Fotos. Weiter geht es auf der Vespa. Audrey trägt inzwischen ein neckisches Halstuch. Es sieht so rührend aus: sie in ihrem wallenden Rock. Sie hat die Bluse verändert, die Ärmel leger hochgekrempelt, die hässliche Halsbinde entfernt.

Marie sieht sie plötzlich mit anderen Augen. Sie ertappt sich dabei, wie sie sich vorstellt, wie sich das anfühlen muss, in dieser wallenden Kleidung durch das sommerliche, warme Rom zu laufen und zu fahren. Für einen kurzen Moment sieht sie sich selbst in dieser hinreißenden Gestalt, die soeben an der Vespa herumspielt, während Gregory irgendetwas erledigt und der Freund weiter heimlich Fotos von ihr macht.

Die Prinzessin spielt an den Armaturen herum, ohne zu wissen, was sie eigentlich tut, und es kommt, wie es kommen muss: die Vespa setzt sich in Bewegung, nur mit der verdutzten Prinzessin an Bord. Gregory sieht es gerade noch rechtzeitig, springt hinten auf. Es beginnt eine rasende Fahrt mit der vor Glück lachenden Audrey. Sie lässt sich das Steuer nicht entreißen – „neinneinnein, ich will!!!" – fährt auf der falschen Straßenseite, durch eine Menschenmenge (langsam), mitten durch einen Verkaufsstand und ein Straßencafé. Als sie falsch herum durch einen Kreisverkehr brausen, wird eine Gruppe Polizisten in einem amerikanischen Jeep auf sie aufmerksam, ebenso zwei Polizisten auf Motorrädern, die sofort die Verfolgung aufnehmen. Sirenen heulen. Es geht am Capitol vorbei – und endet abrupt auf einer Polizeiwache mit einer ganzen Meute von

Geschädigten und der schuldbewussten Prinzessin. Ausreden, Charme … Audrey mit einem kleinen Dreckfleck auf der Wange … mehr Charme und mehr Ausreden, die Musik assoziiert Mendelssohns Hochzeitsmarsch und lässt die Richtung der Ausreden erahnen: man sei auf dem Weg zur Hochzeit. Die Geschädigten gratulieren gerührt. Der Ausgang ist märchenhaft, wie es sich für eine Prinzessin gehört.

Wunsch Nr. 3 (jetzt wieder ohne Dreckfleck): Tanzen gehen am abendlichen Tiber. Audrey strahlt: „Um Mitternacht verwandle ich mich in eine Sternschnuppe und fliege zurück in den Himmel." – „Ja, und damit ist das Märchen dann vorbei." Von Gregory weiß man eigentlich nicht so recht, was er von all dem hält. Vordergründig ist er noch immer ausschließlich hinter seiner Story her. Marie hingegen ist schon lange vollständig auf Audreys Seite. Sie kann sich so gut in sie hineinversetzen. Auf diese Weise einen unbeschwerten Tag in Rom zu verbringen! Ein Traum!

Wunsch Nr. 4: mit der Kutsche (unerkannt) durch Rom fahren. Jeder Wunsch wird umgehend erfüllt.

Und schon ist der Abend da. Am Tiber unterhalb des Castel San'Angelo wird getanzt. Wieder strahlt Audrey. In großen Schritten, gar nicht damenhaft, schreitet sie gemeinsam mit Gregory auf die Tanzfläche zu. Und schon geht es los.

Doch nun werden königliche Häscher, die Agenten „der Majestäten", die die verschwundene Prinzessin in ganz Rom suchen lassen, auf sie aufmerksam. Während die beiden eng umschlungen glücklich tanzen, rennen Agenten los, um die Identität der Frau zu klären, die der Prinzessin so auffallend ähnlich sieht, trotz ihrer veränderten Frisur. Unterdessen streichelt ihre Hand sanft Gregorys Schulter. Wie üblich scheint dieser jedoch nichts zu merken. Er sieht ihr ins Gesicht. Sie sagt: „Hallo", als wären sie sich gerade erst zufällig begegnet. Er antwortet: „Hallo."

Dann tanzt sie mit dem Friseur, der ihr die Haare geschnitten hat, während Gregory heimlich Notizen für seinen Artikel über die Prinzessin macht. Er ist also doch noch primär an seiner Story interessiert, hat es den Anschein. Der Freund taucht wieder auf, mit seiner mit einem Blitz ausgestatteten Kamera. „Die Prinzessin und ihr Friseur." Während Audrey hingebungsvoll tanzt und dabei selbstvergessen zu singen beginnt, machen die beiden hinterhältig Fotos; wenn es blitzt, schauen sie in den Himmel und suchen das Wetterleuchten.

Wieder Agenten, nun haben sie offenbar ihre Hausaufgaben gemacht, sind sich über die Identität der jungen Frau sicher. Sie fahren gleich mit zwei Autos vor, zu allem entschlossen, inzwischen sechs Männer an der Zahl, schwarzer Anzug, schwarzer Hut, schwarze Krawatte, weißes Einstecktuch; sieht aus wie „Men in black". Nicht eben unauffällig. Eine von diesen unheimlichen Gestalten bittet die Prinzessin um den nächsten Tanz. Drängt sie zum Ausgang. Sie wehrt sich, beginnt zu schreien. Gregory rettet sie. Wilde Schlägerei. Gregory wirft einen der Agenten ins Wasser, Audrey wirft einen Rettungsring hinterher. Der Friseur hilft mit. Wieder ergreifen die Agenten die Prinzessin. Die traktiert einen von ihnen mit einer Gitarre, die sie ihm über den Kopf haut. Der Fotograph fotografiert. Polizeijeeps treffen ein. Wilde Flucht des Paars. Sie springen ins Wasser. Die Polizei verhaftet inzwischen die Agenten.

Pitschnass am anderen Tiberufer. Und dann, eigentlich überfällig, der erste Kuss. (Wunsch Nr. 5) Danach jedoch verstörte Blicke. Keiner von beiden verliert die Grenze aus dem Blick, die sie trennt.

Sehr viel später in Gregorys Apartment. Erst hat es den Anschein, als wenn er allein wäre, doch dann wird klar, dass die Prinzessin sich im Bad abtrocknet. Sie kommt in seinem Bademantel heraus. „Steht Ihnen gut – Sie sollten immer meine Sachen tragen," sagt er zu ihr.

Alex' stutzt, dann dreht er den Satz um. Wie wäre es, wenn *sie* das zu *ihm* sagen würde? Der Anfang einer ganz anderen Geschichte; aber, nein, ausgerechnet Gregory Peck? Keine besonders reizvolle Vorstellung.

Die Prinzessin und der Reporter, die sich bereits geküsst haben, stehen sich nun befangen gegenüber. Man erwartet eigentlich, dass sie sich in den Armen liegen, die Zweisamkeit genießen. Aber er sagt noch immer „Sie" zu ihr (und „Anja", wie sie sich ihm vorgestellt hat), und sie ist bis oben zugeknöpft, selbst im Bademantel. Sie wird schnippisch. Sie lügt ihn an, was sie für eine gute Hausfrau sei. Hält das aber nicht durch. Wird traurig. Schüttet den Wein hinunter. Hat Tränen in den Augen. Will gehen. Dann aber liegen sie sich doch noch in den Armen, Audrey schmiegt sich an die starke Schulter des unglaublich großen Gregory – und Marie stellt sich vor, wie das wohl sein mag, den Stoff des Oberhemds zu spüren, die muskulöse, männliche Schulter darunter, den warmen, athletischen Körper, der viel größer ist als der ihre und der sie hält. Sie versinkt wie Audrey an dieser Schulter – man sieht nur Audreys Gesicht mit den geschlossenen Augen.

Gregory will etwas sagen, sie bittet ihn, es nicht zu tun. Dann zieht sie sich ihre Kleider wieder an. „Ich muss jetzt gehen."

Sie sitzen im Auto – und noch immer spürt Marie den warmen Körper und die Tränen in ihren Augen.

Tränen auch bei Audrey. Tiefe Falten auf der Stirn von Gregory. Dann liegen sie sich noch einmal in den Armen, ein langer, langer Abschiedskuss, Audreys Kopf sinkt wieder an seine Schulter. Gregory hält sie. Sie weint. Aber sie ist tapfer. Sie lächeln sich an. Audrey verlässt den Wagen, geht entschlossenen Schritts, ohne sich umzublicken, beginnt zu rennen, biegt um die Ecke, ist verschwunden. Gregory sieht ihr nach, atmet tief durch. Blickt auf die leere Straße, schluckt. Sie ist fort, sie kommt nicht zurück. Er fährt los.

Schnitt.

In diesem Augenblick spürt Marie, dass Tom ihre Hand hält und sie sanft streichelt. Tom sieht sie an, mitfühlend, zärtlich. Offensichtlich hat Marie Tränen vergossen, er möchte sie trösten. Erschrocken zieht Alex seine Hand zurück, setzt sich in seinem Kinosessel auf. Tom reicht Marie ein sehr sauberes, akkurat gebügeltes und gefaltetes Stofftaschentuch. Verstohlen trocknet Alex die Tränen und hofft, dass das Make-up nicht verlaufen ist. Er versteht nicht, was mit ihm los ist.

Tom nimmt wieder Maries Hand, streichelt sie sanft, wie man ein Kind streichelt, das schlecht geträumt hat. Marie überlässt ihm ihre Hand, sieht ihn aber nicht an, sondern richtet den Blick wieder auf die Leinwand.

Die Prinzessin ist zurück in ihren Gemächern im Palast. Plötzlich wirkt sie größer als die Menschen ihrer Umgebung. Statt der rüschenbesetzten, kindlich weißen Kleidung trägt sie nun tiefes Schwarz und tritt entschieden erwachsen auf. Ihre Umgebung muss erkennen, dass sie eine andere ist als zuvor. Erwachsen, selbstbewusst; sie lässt sich nicht mehr bevormunden oder bemuttern.

Sie begegnen sich auf einem Empfang der „Königlichen Hoheit" wieder. Die Prinzessin hat sich schnell wieder im Griff, nachdem sie ihn in der Menge erkannt hat, die vor ihr steht. Sie führen ein kurzes, verschlüsseltes Gespräch, dessen verborgenen, eigentlichen Sinn nur sie beide verstehen, während alle anderen es für etwas banal halten müssen.

Sie ist wieder im Korsett der Etikette. Aber nun vermag sie in Kleinigkeiten daraus auszubrechen und bezaubert alle. Am Schluss steht ein strahlendes Lächeln, über die Schranken hinweg, die die Prinzessin und den Journalisten voneinander trennen. Gregory bleibt allein im Thronsaal zurück. Audrey wird nicht zurückkehren. Niemals. *The End.* Und Tom hält noch immer Maries Hand in der seinen und streichelt sie. Marie schenkt ihm ein dankbares Lächeln. Der Vorhang schließt sich.

Krieg es die Schuld des vielen Alkohols, dass Alex so dünnhäutig war? Er konnte es sich nicht anders erklären. Er hatte wahrhaftig geweint – jedenfalls ein paar Tränen vergossen – und es nicht einmal gemerkt. Tom hatte sich einfühlsam um seine Verlobte gekümmert und am Ende war sie ihm sogar aufrichtig dankbar.

Was Alex aber am meisten verstörte, war die Art gewesen, wie er sich in die Prinzessin hatte hineinfühlen können. In den Armen eines starken Mannes zu liegen … als er sich später, als er allein war, diese Szene und seine Reaktion darauf in Erinnerung rief, war es ihm höchst unangenehm. Was hatte ihn geritten! Die starke Männerschulter ... den Kopf an diese Schulter legen und weinen – was war nur in ihn gefahren? Machten das diese Kleider, die er nun schon seit Wochen trug? Die Rolle, die er spielte? Das ganze Getue in diesem unwirklichen Schloss? Oder war es doch nur der Alkohol, war er ganz einfach betrunken gewesen?

Inzwischen saßen sie wieder im Salon und tranken noch einen ‚Absacker‘. Tom war noch immer an ihrer Seite und kümmerte sich um Marie, die zwischenzeitlich in ihrem Zimmer schnell ihr Make-up aufgefrischt hatte. Die anderen waren schon längst bei anderen Themen angekommen, aber Alex kam von dieser Erfahrung so schnell nicht los. Am liebsten hätte er noch einen Spaziergang gemacht, um tief die kühle Nachtluft einzuatmen und sich den Wind um die Nase wehen zu lassen – am liebsten eigentlich in Hosen und Pullover, ohne Make-up, Dessous, Abendkleid und Absatzschuhe: als Mann! Wenigstens für einen Moment heraus aus dieser Rolle, die ihn ganz offensichtlich weich machte, in einer Weise veränderte, die ihn zutiefst verunsicherte.

Und warum eigentlich nicht? Einen Spaziergang würde ihm eigentlich niemand verwehren können. Der Wind würde ihm guttun, auch wenn dieser Wind statt auf Hosen zu treffen in den Stoff des langen Rocks fahren und um seine in Nylonstrümpfen steckenden Beine streichen würde. Spontan stand er auf, fühlte sich für den Bruchteil einer Sekunde unsicher auf den hohen Absätzen, hatte sich aber sofort wieder gefangen.

„Ich mache noch ein paar Schritte vor die Tür und gehe dann zu Bett", sagte er und wollte gern, dass sich dies beiläufig anhört. Er wollte von keinem ritterlichen Mann begleitet werden und sich über irgendetwas unterhalten müssen, worüber er jetzt nicht sprechen wollte. Stattdessen sprang Maria auf. „Ich komme mit!" und war sofort an seiner Seite.

Alex freute es. Maria – das war etwas anderes.

Arm in Arm spazierten sie in den Park hinaus.

Sie waren noch nicht lange unterwegs, da gesellte sich einer der Hunde zu ihnen. Alex ging in die Knie und streichelte ihn. Wie gut es tat, in seinem weichen Fell zu wühlen! Ganz offensichtlich war ihm ebenso sehr nach Zärtlichkeit zumute wie dem Hund, der sich auf den Rücken legte und sich den warmen Bauch kraulen ließ.

Alex stand wieder auf. Wie durch Zufall befanden sie sich in einer ziemlich dunklen Ecke des Parks. Er schaute sich kurz um. Dann ergriff er Maria um ihre schmale Taille, zog sie an sich heran und küsste sie. Maria erwiderte den Kuss, schmiegte sich an ihn. Sie rieben ihre Körper aneinander, ihre Oberschenkel und Leisten. Alex griff nach Marias Brüsten und Maria griff ihm in den Schritt. Sie schob den Rock hoch, ergriff das Höschen und zog es hinunter. Alex machte einige Bewegungen, dann war er das Höschen los. Maria griff wieder in seinen Schritt, drehte sich um und presste ihr Gesäß in seine Leiste. Es dauerte nur Sekunden und es war wie eine lang erwartete Erlösung.

Hochzeitsvorbereitungen

Am nächsten Morgen setzte sich Edith zu Alex an den Frühstückstisch, nachdem Tom sich, wie gewohnt, zurückgezogen hatte. Sie lächelte ihn an.

„Wie geht es dir?"

Alex hatte sehr gut geschlafen. Marias Körper hatte ihn gewärmt wie eine Wärmflasche, das Aufwachen war sehr zärtlich verlaufen.

„Sehr gut", sagte er, „und dir?"

Sie nickte. „Hast du alles gut überstanden?"

Tatsächlich hatten sie seit der Verlobungsfeier kaum ein Wort gewechselt.

„Ja, doch. Natürlich war alles ein bisschen turbulent, wie du dir vorstellen kannst. Aber es ist alles so wunderbar organisiert und Tom bemüht sich so rührend um mich, dass ich wirklich keinen Grund habe, mich zu beklagen."

„Auch nicht über die hohen Absätze?" Edith lächelte verschmitzt.

Alex schüttelte den Kopf. „Selbst darüber nicht. So langsam ...", er zögerte, „finde ich sogar Gefallen an dieser schönen, eleganten Kleidung, glaube ich, die sich so ganz anders anfühlt als das, was ich bisher getragen habe. Und, unter uns, die Absätze lassen mich ganz automatisch so gehen, wie eine Frau eben geht."

„Würdest du es denn sonst vergessen?"

„Ja, vielleicht. Aber inzwischen habe ich mich doch ganz gut daran gewöhnt."

„Das freut mich sehr. Ich muss auch sagen, du machst wirklich eine tolle Figur!"

Alex fragte sich, ob er Edith mehr Aufmerksamkeit hätte schenken sollen. Immerhin hatte sie sich bis zum Eintreffen der Gäste sehr intensiv um ihn gekümmert.

Aus ihren Worten hörte er aber glücklicherweise keinerlei Vorwurf.

„Die Gäste, die ihr zur Feier eingeladen hattet – ich habe mich sehr wohl unter ihnen gefühlt. Sie waren durchweg ausgesprochen nett zu mir. Einige von ihnen konnte ich inzwischen auch ein bisschen näher kennenlernen, vor allem natürlich die, die länger geblieben sind. Das habe ich sehr genossen."

„Ich habe gesehen, dass vor allem Martha und Maria sich um dich bemüht haben."

Alex nickte. „Ja. Sie sind sehr verständnisvoll und freundlich zu mir. Und wir verstehen uns gut."

Edith musterte ihn.

„Kommst du ansonsten zurecht? Fehlt dir irgendetwas?"

„Im Augenblick ist alles wunderbar. Wenn ich auch sehe, dass *frau* natürlich nie genug Auswahl an Garderobe und Schuhen haben kann. Stimmt's?" Er wollte die Verwirrung am gestrigen Abend nicht ansprechen. Zumindest jetzt nicht.

„Ganz recht." Edith lachte. „Wir werden daran noch arbeiten müssen. Aber das gehört ja ohnehin zum täglichen Geschäft einer Frau." Sie lachte kurz. Dann fuhr sie etwas ernster fort: „Nachdem ihr nun verlobt seid, sollten wir uns übrigens Gedanken über die Vorbereitungen für die Hochzeit machen. Ich würde mich gern im Laufe des Tages mit dir zusammensetzen und ein wenig planen. Es gibt einiges, bei dem du mithelfen musst, allem voran natürlich beim Kauf eines Hochzeitskleids."

Da war es wieder, dieses Wort. Es war noch nicht lange her, dass es Alex in höchstem Maße verunsichert hatte. Jetzt allerdings spürte er, dass er offenbar einen

Schritt weitergekommen war. Zumindest brachte es ihn nicht mehr aus der Fassung. Er nickte. „Ich stehe dir jederzeit zur Verfügung."

„Gut. Dann würde ich nachher, so gegen 10 Uhr, gern mit dir einen kleinen Ausflug machen. Ein bisschen Luftveränderung tut uns sicher gut, und ich dachte, statt dass unser Berater für die Hochzeitsvorbereitung hier zu uns kommt, könnten wir ihn auch besuchen. Er hat sein Büro in einem sehr hübschen Cottage in den Bergen am anderen Ufer des Sees."

Alex nickte. Er wollte sehr gern mehr von dieser wunderschönen Gegend sehen. Allerdings verschlug ihm die Ankündigung eines ‚Beraters für die Hochzeitsvorbereitung' wieder einmal die Sprache.

Um kurz nach 9 Uhr stand er vor Maries Kleiderschrank. Mehr als zwei Wochen waren es nun, dass er keine männliche Kleidung mehr getragen hatte und jeden Morgen zwischen Kleidern und Röcken samt zugehörigem Outfit wählen musste. Er hatte sich noch immer nicht daran gewöhnt. Zwei Wochen waren eben doch noch nicht so lang, zumal da die erste Woche unter ganz besonderen Vorzeichen gestanden hatte, die ihm kaum eine Wahl bei der Kleidung gelassen hatten. Entsprechend hatte sich das Gefühl angesichts dieser Aufgabe inzwischen verändert: Nun hatte die Wahl der Kleidung durchaus etwas mit *Lust* zu tun, mit seiner eigenen Befindlichkeit. Er wählte Maries Kleidung entsprechend seiner Stimmung, in der er sich befand, und außerdem gab es Kleidung, die er ausgesprochen gern trug, die er sogar richtiggehend genießen konnte. So hatte er es beispielsweise sehr gern, wenn Maries Taille von der Kleidung eng umschlossen und leicht zusammengedrückt wurde, und Röcke, speziell enge Röcke hatten in der Zwischenzeit zumindest ansatzweise sogar einen gewissen erotischen Effekt auf ihn, der ihn zwar verwunderte, den er aber deutlich verspürte. Es fühlte sich einfach gut, wenn er den Eindruck hatte, dass Marie auch ein wenig sexy wirkte, wobei Alex bei diesem Gedanken gleichzeitig erschrak: sexy – für wen? *wer* sollte Marie begehren? Alex wurde bewusst, dass er es vor allem selbst war, der Begehren empfand, wenn er eine ‚heiße' Marie im Spiegel sah oder spürte, wie die Kleidung seinen Körper umschloss und aufreizende Bilder erzeugte. Er hatte einmal von einem Film gehört mit dem Titel „Ich bin meine eigene Frau" – ging er in die gleiche Richtung? Allerdings wusste er nicht, was die eigentliche Aussage dieses Films gewesen war, wusste also letztlich auch nicht, was dieses Seine-eigene-Frau-Sein eigentlich bedeutete. Sich an sich selbst aufgeilen? Sich selbst begehren? Oder einfach: sich selbst genug sein?

Aber im Augenblick war keine Zeit, darüber nachzudenken. Er musste sich entscheiden, was er für den Ausflug, wie er für heute geplant war, anziehen sollte. Heute reichte die Frage, nach welcher Kleidung es ihm gerade war, für eine Entscheidung nicht aus. Vielleicht gab es für diesen Ausflug auch die *falsche* Kleidung. Er war ratlos. Er hätte Edith fragen sollen. Aber das konnte er nachholen. Entschlossen nahm er den Hörer in die Hand und rief sie über das Haustelefon an. „Zieh an, worin du dich wohlfühlst", antwortete Edith auf Maries Frage. „Es ist ja kein offizieller Termin. Es kann durchaus leger sein, etwas Bequemes." So stand er nun erneut vor dem Schrank.

Stiefel! Zu dem, worin Marie sich am wohlsten fühlte, gehörten Stiefel. Aber auch ein langer, wallender Rock! Er erinnerte sich an die Wirkung, die Audrey während ihres Gangs durch Rom auf ihn ausgeübt hatte. Im Schrank fand er ein in sanften Brauntönen bedrucktes Kleid, das in der Taille eng geschnitten war, aber einen weit fallenden Rock hatte. Darüber würde er eine Jeansjacke anziehen. Genau das war es, was er heute tragen wollte.

Die Wahl der Unterwäsche und der Strümpfe – eine hautfarbene Strumpfhose, die kaum zu sehen, aber gut zu spüren sein würde – ging diesmal recht zügig vonstatten. Langsam und sorgfältig zog Alex die Kleidungsstücke an. Die Beine, stellte er fest, brauchten eine neue Rasur. Gut, dass für den nächsten Tag ein ‚Wellness-Tag' angesetzt war, an dem es Zeit für Körperpflege geben würde.

Als Alex angekleidet war, begann er, das Makeup, das er zum Frühstück aufgelegt hatte, in Details zu verändern. Ebenso frisierte er sich neu. Die Haare mit den langen Extensions boten eine Reihe von Möglichkeiten, die Marie gerade erst zu entdecken begann. Heute wählte sie offene Haare mit einem kleinen, darüberliegenden Zopf, der die Haare an den Seiten von den Ohren weg hielt. Eine solche Frisur hatte Alex schon an vielen Frauen gesehen und sie hatte ihm immer gefallen.

Als er schließlich zum Parfum-Flakon griff, fiel sein Blick auf die Uhr: zehn nach zehn. Marie kam wieder einmal zu spät. So also war das mit den Frauen, die ständig zu spät kamen ...

Bereits um kurz vor 10 Uhr war ein elegantes Auto vor dem Haupteingang des Castles vorgefahren. Edith erwartete Marie in der Halle. Sie musterte sie aufmerksam und lobte dann die Kleiderwahl und die Frisur. „Genau richtig, denke ich. Heute können wir es langsam gehen lassen. Wir haben viel Zeit!" Sie reichte Marie ihre Sonnenbrille, die sich diese ins Haar steckte. Auch das hatte Alex schon an vielen Frauen sehr gefallen.

Damit traten sie aus dem Haus und nahmen im Fond des großen Wagens Platz. Wieder einmal erschien Alex das Ganze mehr als unwirklich – er in diesen Kleidern, in diesem Märchenschloss, in einem solchen Wagen, in dieser Landschaft! Und so sollte es für die nächsten Stunden bleiben.

Sie fuhren über eine halbe Stunde lang. Zunächst durch die Wälder zum See hinunter, dann an diesem entlang und auf der anderen Seite wieder hinauf, bis sie aus dem Wald heraus und durch eine parkähnliche Landschaft fuhren, die für den Lake District so kennzeichnend ist. Währenddessen konnten sie sich zwanglos unterhalten. Marie hatte viele Fragen, die sie Edith stellte. Sie betrafen nicht nur das Leben als Frau, sondern auch Ediths Leben. Das war spannend verlaufen, sie hatte viel erlebt, viel Glück gehabt, ihrem Glück an den entscheidenden Stellen aber auch beherzt nachgeholfen. Für manche Entscheidung, erfuhr Marie, war viel Mut erforderlich gewesen – nicht zuletzt für den Kauf des Castles. Paul hatte das Ganze so dargestellt, als sei es ihnen mehr oder weniger in den Schoß gefallen. Das war es aber durchaus nicht, und auch jetzt war Edith noch nicht restlos davon überzeugt, dass sie es würden halten können. Denn für sie war es immer wichtig gewesen, dass sie sich durch finanzielle Verbindlichkeiten nicht so sehr einzwängen ließen, dass für ein angenehmes Alltagsleben nichts mehr übrig blieb.

Alex spürte wieder die Bewunderung, die er Edith gegenüber schon früher empfunden hatte. Sie wusste offenbar sehr genau, was sie wollte und wie weit zu gehen sie bereit war. Sie hatte Prinzipien und war dabei keineswegs so selbstfixiert, dass sie ausschließlich ihr eigenes Wohlbefinden im Blick hatte, selbst wenn ein derart abgeschottetes Leben in einem Märchenschloss diesen Eindruck erwecken konnte. Und zugleich war sie offen und ehrlich, glaubte Alex zu erkennen, so wie man es sich von einer wirklich guten Freundin wünschte. Er war froh, dass er sie in dieser besonderen Situation an seiner Seite hatte. Nicht zuletzt hatte er inzwischen verstanden, warum sie ihn damals, als er sich zur Rettung des Betriebs seiner Frau in dieses Flugzeug hatte setzen müssen, so derart unter Druck gesetzt hatte.

Das Cottage des Heiratsberaters war etwas mehr als nur ein Cottage. Es bestand aus mehreren Gebäuden, die gemeinsam einen nahezu quadratischen Hof umschlossen, der zu einer Seite hin offen war. Der eine Flügel war das eigentliche Wohnhaus, der Flügel rechts davon das Bürogebäude, der linke barg offenbar Wirtschaftsräume, Garagen und wohl auch Stallungen.

Als der große Wagen leise über den Kies des Innenhofs rollte, trat ein leger, aber elegant gekleideter Herr aus der Tür des Bürogebäudes und öffnete für Edith eigenhändig die Autotür. Sie begrüßten sich sehr freundschaftlich und dann stellte Edith ihm Marie vor.

„Walther ist seit langem ein Freund der Familie. Immer wenn wir ein größeres Fest feiern, hilft er uns." Marie gab ihm die Hand, Walther verbeugte sich galant und deutete einen Handkuss an. Seine Hand war angenehm warm und Marie fühlte sich spontan wohl in seiner Nähe.

Sie gingen hinein.

Selbstverständlich gab es unendlich viel zu besprechen. Walther hatte bereits Vorarbeit geleistet, Edith hatte ihn genau instruiert. So galt es nun, einen Fragenkatalog abzuarbeiten, bei dem hin und wieder auch Marie hinzugezogen wurde. Anfangs hatte sich Alex zurückziehen wollen, da er als ‚Schauspieler' in diesem Spiel die Entscheidungen dem Regisseur und den Ausstattern überlassen wollte. Selbst beim Brautkleid hätte er angezogen, was ihm vorgelegt werden würde. Das aber ließen die beiden nicht zu.

„Natürlich", sagte Edith, „wenn man es ganz professionell sieht, hast du recht. Aber andererseits wird dir das Kleid umso besser stehen, je besser es dir selbst gefällt und je wohler du dich darin fühlst. Und – by the way – ob du nun mitentscheidest oder nicht: ohne Anprobe wird es ohnehin nicht gehen. Du wirst also nicht darum herumkommen, Kleider anzuprobieren, damit wir gemeinsam sehen können, welches dir am besten steht. Letztlich wirst aber dennoch du entscheiden, denn *du* musst es ja tragen. Deswegen werden wir uns für eine solche Anprobe sehr viel Zeit lassen. Du weißt ja, dass Tom hohe Ansprüche bei allem Zeremoniellen hat, und denen werden wir mit der Wahl deines Kleids, des Schmucks, der Accessoires …"

„Und der Gestaltung der gesamten Feier", fügte Walther hinzu.

„… entsprechen müssen. Bisher hat das alles sehr gut geklappt, aber ich glaube, das war nicht zuletzt deswegen so, weil du immer aktiv mitgemacht hast."

„Na ja, soweit ich dazu in der Lage war."

„Ja, natürlich, aber das geht inzwischen ja sehr weit."

Walther, der über Maries kleines Geheimnis Bescheid wusste, hatte sich aus dieser Auseinandersetzung größtenteils herausgehalten. Nun aber machte er einen Vorschlag.

„Ich denke, dass Sie in dieser Frage das Nützliche mit dem Angenehmen verbinden könnten. Ich habe darüber nachgedacht, wo vor allem das Kleid und alles, was, auch in Ihrem speziellen Fall," – dabei verneigte er sich leicht vor Marie – „am besten zu beziehen wäre. Hier geht es ja nicht nur um Mode, sondern, wenn auch in bescheidenem Maße, darüber hinaus um Körperformung. Beides sollte von allerhöchstem Niveau sein, und der Ort, an dem dies ganz ohne Zweifel am besten geht, ist nun einmal Paris."

Alex erschrak angesichts der Vorstellung, dass Marie durch Paris laufen und in französischen Boutiquen Brautkleider anprobieren würde, die vermutlich ein Vermögen kosteten und aus ihm nun wirklich eine Prinzessin machen würden. Edith blieb allerdings vollkommen gelassen.

„Es gibt dort", fuhr Walther fort, „einen Kollegen, der ein Atelier für Brautmoden unterhält. Für ihn gehört zugleich der zweite Punkt notwendig zum ersten hinzu, denn seiner Auffassung nach hat kaum eine Dame eben jene Idealmaße, dass sie in das von ihr gewünschte Brautkleid problemlos hineinpassen würde. Er ist versiert darin, sowohl das Kleid als auch den entsprechenden Körper so zu verändern, dass ein für alle Beteiligte mehr als nur zufriedenstellendes Ergebnis dabei herauskommt."

„Den Körper?"

„Entschuldigung! Damit ist natürlich nicht gemeint, dass am Körper herumoperiert wird." Walther und Edith lächelten. „Nein, bodyforming ist hier das entsprechende Stichwort. Der Einsatz von festeren Stoffen zum Drapieren oder von kleinen Polstern, wo zu wenig ist. Erzeugung von Rundungen, wo sie nicht ausgeprägt genug sind. So etwas."

Alex nickte erleichtert.

„Nur nebenbei soll gesagt sein, dass dieser Kollege anlässlich der Anfertigung des Brautkleids von Prinzessin Diana zu Rate gezogen wurde."

Diese letzte Bemerkung hätte er besser nicht gemacht, denn nun wurde Alex wieder nervös. Prinzessin Diana? In *dieser* Liga spielte der Kollege?!?

Aber diesmal zügelte er sich, ließ die Nervosität nicht Überhand nehmen.

Aus den Schilderungen und Planungen von Edith und Walter entnahm Alex, dass vieles für eine Hochzeit in England selbstverständlich war, das auf dem Kontinent als übertrieben oder kitschig gegolten hätte. Zudem wurde durch das Castle einiges vorgegeben, bei dem es gut und richtig sein würde, sich dem einfach zu überlassen. Immerhin waren auf diese Weise zwar noch nicht der genaue Zeitpunkt, aber doch der Ort und damit auch die Art der Feier mehr oder weniger festgelegt. Es würde alles nicht nur sehr britisch sein, sondern dazu auch noch ein wenig altmodisch, und die Kosten spielten wieder einmal keine Rolle. Auch bei dem Programmablauf der Feierlichkeiten würde Marie ein wenig mitsprechen können. ‚Sei professionell', dachte Alex erneut, ‚spiel die Rolle, für die du bezahlt wirst.' Aber er spürte zugleich, dass er Edith vertraute. Er konnte sich ihr auch ganz einfach überlassen, sie würde den richtigen Rahmen finden – und er war sich inzwischen sicher, dass er zu nichts gezwungen werden würde, was er nicht machen wollte.

Als er aus seiner Träumerei wieder erwachte, hörte er, dass Edith und Walther sich über die standesamtliche Trauung unterhielten. Sie sollte ein paar Tage vor der kirchlichen Trauung stattfinden und Marie würde ein Kleid dafür bekommen, das nicht das eigentliche Brautkleid, diesem aber ähnlich war.

‚Standesamtlich?', dachte Alex in diesem Augenblick. ‚Werden wir denn *richtig* verheiratet?' Dann kam ihm der rettende Gedanke. ‚Wahrscheinlich werden kleine Kunstfehler eingebaut, so dass die Eheschließung rechtlich nicht gültig ist?'

Laut fragte er: „Und die Papiere? Was ist eigentlich mit meinem Personalausweis, dem Reisepass, dem Führerschein? Ich meine, werde ich nicht einen neuen Namen bekommen? Was ist, wenn ich Auto oder Motorrad fahre oder wenn wir verreisen: dann brauche ich doch richtige Papiere, oder nicht?"

Die beiden sahen ihn an. Alex fand auf der Stelle, dass dies eine ziemlich dumme Frage war, und rechnete entsprechend damit, dass nun höflich darauf verwiesen würde, dass alles ja nicht echt sei, dass man keine schlafenden Hunde wecken sollte, dass man solche Papiere schon nicht brauchen würde und Ähnliches.

Aber Edith nickte. „Sind schon beantragt." Damit schien für sie die Sache erledigt. Sie schien sich wieder

anderem zuwenden zu wollen. „Was das Hotel angeht
…", begann sie.

Alex war perplex. „Schon beantragt? Was heißt
das?"

Edith unterbrach sich, wandte sich wieder Alex zu.
Sie schien sich innerlich einen Ruck zu geben. „Nun",
begann sie und räusperte sich. Dann hatte sie sich offensichtlich wieder gefangen. „Rechne einmal nach.
Gehen wir bei unserem Vertrag einmal von sechs Monaten aus. Ich meine jetzt mal: worse case, aus deiner
Sicht. Oder sagen wir: von neun Monaten. Nur so als
‚schlimmstenfalls'."

Sie sah Marie aufmerksam an und wartete offenbar
auf eine Reaktion. Alex reagierte aber vorerst nicht.

„Ok, also, sagen wir einmal: du lebst von jetzt an
noch neun Monate hier bei uns. Du wirst sicher nicht
die ganze Zeit im Castle herumsitzen wollen. Du wirst
stattdessen zum Beispiel reisen wollen, wie du ja selbst
gerade angedeutet hast. In dieser Zeit heiratest du,
beginnst ein geregeltes Eheleben auf unserem Castle.
Die Zeit vergeht. Du lebst immer weiter bei uns und
stehst deinem Mann zur Seite. Langsam wird er krän-
ker werden, schließlich wird es mit ihm zu Ende gehen.
Das wird geschehen, das wissen wir ja. Die Ärzte haben es uns bestätigt. Nur *wie lange* das dauern wird,
können sie nicht sagen. Wenn es allerdings soweit ist,
wirst du so lange hier und in dieser Rolle gelebt und
die Vorzüge dieses Lebens genossen und dich daran
gewöhnt haben, dass du vielleicht nicht *sofort* wieder
zurück willst. Das könnte doch sein, meinst du nicht?"

Wieder wartete sie auf eine Reaktion, aber Alex war
so überrascht, dass er sie weiterhin nur ansah, ohne
sich zu regen. Tatsächlich hatte er sich diese Situation

noch gar nicht im Detail ausgemalt. Bisher war für ihn immer klar gewesen, dass er das Castle in dem Augenblick verlassen würde, in dem er seinen Vertrag erfüllt hätte. Der Gedanke, den Edith nun andeutete, war für ihn neu.

„Insgesamt wirst du – in diesem ‚schlimmstenfalls‘ wohlgemerkt – also vielleicht ein Jahr lang hier sein. Du wirst in dieser Zeit ein Teil unserer Familie geworden sein, wirst zu uns gehört haben. Was meinst du, könnte es nicht sein, dass du in dieser Zeit einen Ausweis benötigst? Ich meine: einen *echten*? Du wirst ihn schon brauchen, wenn du nur auf den Kontinent reist, besonders aber, wenn du zum Beispiel Martha und Maria oder auch Elisabeth und Malcolm in Amerika besuchen willst."

Alex wartete gespannt. Dass er zum Reisen einen Ausweis benötigen würde, war inzwischen doch eigentlich schon klar. Warum also nun die Betonung auf einem ‚*echten* Ausweis‘? Er rührte sich nicht.

„Gut, also sagen wir, wir wollen gemeinsam in die USA fliegen, um Martha und Maria zu besuchen. Das geht, da wir über den amerikanischen Zoll müssen, nur mit zuverlässigen, echten Ausweispapieren. Sonst wirst du gleich am Flughafen verhaftet und wir wollen uns nicht ausmalen, was dann mit dir passiert."

Sie lächelte.

„Nun haben wir uns gedacht, dass wir zwei Fliegen mit einer Klappe schlagen. Da du heiratest und also ohnehin deinen Nachnamen änderst – wenn auch nur zum Schein, aber dieser Schein muss ja vielleicht bis zu einem Jahr aufrecht erhalten werden und ein Jahr ist eine lange Zeit –; wenn du also sowieso deinen Nachnamen änderst, können wir gleichzeitig auch deinen

Vornamen ändern, nicht wahr? Kurz bevor du wieder in dein Leben als Mann zurückkehrst, würden wir das dann rückgängig machen. Das ist ja kein Problem. Aber auf diese Weise hätten wir für dieses eine Jahr einwandfreie Ausweispapiere, bei denen du keine Sorgen haben müsstest, wenn du irgendwo über einen Zoll musst."

Alex wusste nicht, ob er Edith richtig verstanden hatte. Noch weniger, was er, wenn er sie tatsächlich richtig verstanden hatte, sagen sollte.

„Das Geschlecht", fuhr Edith fort, „steht im Übrigen nur im Reisepass, nicht im Personalausweis."

Alex nickte nachdenklich. „Aber wenn ich nach Amerika fliegen will, dann brauche ich den Reisepass, oder nicht?"

Auch Edith nickte. „Richtig. Das wäre dann eine weitere Überlegung."

„Du meinst, außer meinem Nachnamen und meinem Vornamen sollten wir gleich auch" – er zögerte für einen Augenblick – „mein Geschlecht ändern?"

Edith hörte ganz offensichtlich die wieder aufsteigende Panik in Alex' Stimme. Sie nickte. „Das geht inzwischen tatsächlich ziemlich problemlos und ist ebenfalls jederzeit rückgängig zu machen."

„Problemlos?" Alex Stimme wurde ein wenig lauter. „Ich dachte immer, das sei ziemlich aufwändig. So mit Psychologen-Gutachten, OP und so."

„Eine OP ist dazu nicht mehr nötig. Inzwischen reicht dein persönliches Empfinden. Wir brauchen also nur ein psychologisches Gutachten. Und auch da hat Paul Beziehungen! Ein Mandant seiner Kanzlei …"

„Aber, ich meine …" Alex bemühte sich wieder einmal, das Geschehen zu verlangsamen, damit er eine

Chance hatte, mitzukommen und sich gegebenenfalls zur Wehr zu setzen. „Bisher war doch immer nur die Rede von einem Schauspiel, dass ich darin eine Rolle spielen soll/kann/darf, zum Wohl des kranken Tom. Letztlich von einer Art Theaterstück, das kaum etwas mit der Realität zu tun hat. Aber das jetzt ...“

Edith unterbrach ihn. „Dabei *bleibt* es selbstverständlich auch, liebste Marie. Nichts von dem, was wir hier vorhaben, ist irreversibel, und, wie gesagt, sobald es soweit ist, werden wir dafür sorgen, dass alles in deinen Ausweisen rückgängig gemacht wird. Aber bis es soweit ist, und wir haben ja gerade ausgerechnet, dass das bis zu einem Jahr dauern kann; bis dahin also ist es einfach sehr viel praktischer und sicherer, wenn mit deinem Ausweis alles in Ordnung ist.“

„Wenn ich also mein Geschlecht wechsle?“

„Wenn in deinem Ausweis der eine, kleine Buchstabe verändert wird, ja. Es ist nur ein Buchstabe. Du musst also keineswegs dein *Geschlecht* wechseln, du wechselst nur vorübergehend deinen Namen.“

„*Rechtlich* gesehen bin ich dann eine Frau, oder nicht?“

Edith zögerte einen Augenblick. „Wenn du es so sehen willst, ja. Aber wie gesagt: es ist ja nur der *rechtliche* Aspekt – du bleibst körperlich selbstverständlich, was du bist – und dieser *rechtliche* Aspekt ist jederzeit rückgängig zu machen.“

Bernhard

Den Rest des Tags war Alex damit beschäftigt, herauszufinden, ob er mit Ediths Vorschlag betrogen wurde. Ging das nun nicht wirklich zu weit? Verließ eine solche Maßnahme nicht den immer und immer wieder angesprochenen Schauspiel-Status und griff in einer Weise in sein *Leben* ein, die eine ‚rote Linie' überschritt? Andererseits hatte Edith ja recht: dies war theoretisch sogar leichter rückgängig zu machen als eine weibliche Frisur oder – Gott bewahre! – eine Hormon-Therapie, die den *Körper* veränderte, und er würde sich darum mit Sicherheit nicht einmal selbst kümmern müssen. Und es sprach tatsächlich vieles dafür, dass er einen *echten* Ausweis hatte, mit dem er sich auf der ganzen Welt problemlos würde bewegen können. Es fühlte sich eben nur ziemlich komisch an, wenn plötzlich auch in seinem Führerschein und seinem Pass stand, dass er ‚Marie' heißt und eine Frau ist. Was immer passieren würde: Er würde dann endgültig nicht mehr einfach in ein Leben als Mann zurückkehren können. Jedenfalls nicht kurzfristig.

Es war erst sehr viel später; sie waren schon wieder zu Hause, nachdem sie den Nachmittag wiederum für Einkäufe, aber auch dafür genutzt hatten, die pittoreske Landschaft und das Städtchen am See anzusehen, das so unverkennbar britisch war, dass Alex sich schon fast wieder freuen konnte. Aber da waren noch immer diese Gedanken, die ihm in seinem Kopf herumgingen und ihm keine Ruhe ließen. Als er schließlich am späten Nachmittag in seinem Zimmer am Fenster saß und es um ihn herum still geworden war, ging er diesen Gedanken nach:

Wenn also die Papiere alle stimmten und er vor dem Gesetz wirklich eine Frau wäre, dann wäre auch die Hochzeit mit Tom doch eigentlich *kein Schauspiel, kein Fake* mehr, sondern es wäre eine richtige, rechtmäßige Eheschließung, oder nicht? Eine Heirat von Mann und Frau – jedenfalls wenn Standesbeamter und Pfarrer echt waren, und bisher sah alles so aus, als wenn das der Fall sein würde: Dann wäre er *als* Marie rechtmäßig mit Tom verheiratet. Schließlich trug er bzw. sie dann seinen Namen, ganz amtlich und offiziell. Und im Übrigen nicht nur mit Tom: dann hätte Marie ganz regulär in die Familie eingeheiratet. Paul und Edith wären Maries Schwager und Schwägerin. (Und – wie sah es dann eigentlich mit dem Erbe aus? Würde die Ehefrau nicht *vor allen anderen* erben?)

Alex lächelte bitter. Ich sollte auf einem Ehevertrag bestehen, dachte er. Damit ich hinterher … aber weder würde Paul *ihn* betrügen, noch wollte er *Paul* betrügen. Das war alles absurd! Allerdings konnte er in diesen Gedanken den Fehler nicht finden. Wollte Paul denn wirklich, dass er mit allen Konsequenzen in seine Familie einheiratete? Wo war der Haken, das Hintertürchen, das Paul sich zweifellos würde offenhalten wollen? Bei allen gutgemeinten Worten darüber, wie sehr Marie dazugehören, ein Teil der Familie werden würde – *so* weit würde er es nicht kommen lassen wollen! Hatte er nicht bis zu Ende gedacht? Oder *hatte* er zu Ende gedacht, bis zu einem Ende, das Alex noch nicht sehen konnte? Würde es vielleicht im Vertrag eine entsprechende Klausel geben, die Marie von der Erbschaft ausschloss?

In diesem Moment klingelte das Telefon. Alex schrak aus seinen Gedanken auf. Das Telefon hatte bisher noch fast nie geklingelt und hörte sich fremd an. Noch dazu deutete der Klingelton darauf hin, dass es ein Anruf von außerhalb war.

Als er abnahm und sich mit dem typisch-britischen ,hello!' meldete, hörte er am anderen Ende die unverkennbare Stimme von Bernhard. Alex war überrascht. Sofort fühlte er sich irgendwie eingeschüchtert, wie in die Enge getrieben. Darauf waren er und Marie nicht gefasst gewesen.

Tatsächlich ließ Bernhard ihm wenig Zeit, sich zu besinnen. Er hatte durchaus nicht zum unverbindlichen Plaudern angerufen. Vielmehr wollte er Marie zum Essen einladen – bereits am nächsten Abend, der Tisch war schon reserviert. Er, Bernhard, würde sie abholen; er nannte eine Uhrzeit, und er schien es gar nicht für möglich zu halten, dass Marie würde absagen wollen. Er war am späten Vormittag im Castle gewesen und hatte dabei offenbar erfahren, dass für den folgenden Abend noch nichts geplant war. Marie würde also Zeit haben, dessen war er sich sicher.

Alex versuchte ein wenig Zeit zu schinden, um nachzudenken. Aber Bernhard ließ ihm diese Zeit nicht. Also sagte Alex zu, wiederholte die Uhrzeit, Bernhard bedankte sich, sagte „ich freue mich" und legte auf.

Verwirrt blieb Alex neben dem Telefon sitzen. Wieder schwirrte ihm der Kopf. Bernhard war ein weiteres ungelöstes Problem, ein weiterer Stapel von unsortierten Unterlagen, in die dringend Ordnung gebracht werden musste.

Alex stand auf, trat ans Fenster, schaute in den Park hinunter und ließ den Gedanken für einen Augenblick freien Lauf. Da klopfte es an seiner Tür. Alex schaute mit einem Blick an sich hinunter, ob Marie ‚gesellschaftsfähig' war, und sagte dann laut „Herein!". Die Tür öffnete sich und vorsichtig schaute Martha herein, musterte Marie zunächst schweigend und fragte dann: „Störe ich?"

„Nein, nein" – Alex hätte nicht gewusst, was er lieber gehabt hätte als diese Art von Störung. „Komm herein!"

„Ich habe gesehen, dass du wieder nicht zum Tee erschienen bist, deshalb wollte ich dir etwas vorbeibringen."

„Wunderbar!", antwortete Alex und stand schwungvoll auf. „Das kommt mir gerade recht."

Martha musterte ihn erneut aufmerksam. Dann fragte sie bestimmt: „Was ist passiert?"

„Passiert? Was meinst du?"

„Du wirkst so, als wäre etwas passiert, was dich beschäftigt. Ich habe dich aus deinen Gedanken gerissen – und ich weiß nicht, ob es dir *wirklich* recht ist."

„Doch, doch", Alex zog den Teewagen ins Zimmer und schloss die Tür. „Du kommst *genau* richtig."

Er hatte einen Entschluss gefasst.

Er bat Martha, Platz zu nehmen. Sie setzte sich in der ihr eigenen, eleganten Weise, schlug die Beine übereinander und strich ihren weiten Rock glatt. Dann sah sie ihn aufmerksam an.

Und Alex begann zu erzählen. Er schilderte einfach alles, was ihm an diesem Tag begegnet und durch den Kopf gegangen war. Dabei schenkten sich beide Tee ein und nippten an ihren Tassen. Es sah aus wie ein gemütliches Tee-Kränzchen, aber Martha hielt sich mit Kommentaren und Fragen fast vollständig zurück.

„Ich fühlte mich ein bisschen bedrängt von ihm", schloss Alex seine Schilderung ab. „Ich meine, ich weiß ja nicht einmal, was Bernhard eigentlich will. Und was *ich* will. Und *ob* ich irgendetwas will und ob *Bernhard* irgendetwas von mir will. Ich konnte nicht anders als ‚ok' sagen, er bedankte sich, sagte ‚ich freue mich' und legte auf."

Alex sah Martha hilfesuchend an. „Die ganze Bernhard-Frage kommt mir wie ein großer Stapel an unsortierten Unterlagen vor, verstehst du, vollkommen ohne Ordnung – und ich weiß nicht, wie ich Ordnung dahinein bekommen soll. Ich meine: Bernhard – ein *Mann!*"

Martha nickte und schwieg kurz. Dann fragte sie: „Hast du etwas dagegen, wenn ich Maria hinzuhole? Sie hat manchmal sehr gute Ideen. Und sie kann sehr gut zuhören."

„Nein," erwiderte Alex, der Martha und Maria bisher immer nur zusammen gesehen hatte, „natürlich nicht."

Martha stand auf und verließ das Zimmer. Als sie nach wenigen Minuten zurückkam, schien Maria bereits vollkommen im Bilde zu sein. Martha konnte in der kurzen Zeit nicht die ganze Geschichte erzählt haben, aber Maria schien jedes einzelne Detail zu kennen.

Sie lächelte Alex an, setzte sich in einen Sessel, nahm sich eine Tasse Tee und hörte zu.

„Also," nahm Martha den Faden wieder auf, „du sagtest etwas von einem großen Stapel unsortierter Unterlagen – ein vielleicht etwas männliches Bild für deine Situation, wenn du mir diese Bemerkung erlaubst. Eine Frau würde vielleicht ein anderes Bild wählen. Vielleicht das von einem Wirrwarr an Düften.

Aber egal. Was sind denn das für Fragen, die du dir stellst, liebste Marie?"

Alex war von dieser Anrede etwas irritiert. Er räusperte sich. „Also, da ist natürlich die Frage: was will Bernhard eigentlich von mir? Aber verwirrender ist natürlich die Frage: was will Bernhard von wem? Will er etwas von Alex oder will er etwas von Marie? Ich meine: ich bin mir nicht mehr sicher, ob er mein kleines Geheimnis eigentlich kennt."

Die beiden Frauen sahen ihn an. Marie sagte etwas Überraschendes: „Ist das denn wichtig?"

Alex sah sie verdutzt an.

„Ich meine, wichtiger ist doch, wer du selbst bist und als was du dich in dieser Situation fühlst, oder nicht?"

Als Alex nachdenklich schwieg, setzte Martha diesen Gedanken fort: „Was sie meint ist: empfindest du etwas? Reizt dich etwas an der Einladung? Oder lässt sie dich völlig kalt? Die Tatsache, dass du sie angenommen hast, statt sie einfach höflich abzulehnen, zeigt doch, dass da nicht mehr nur der *Alex* in diesen Kleidern steckt, der nie etwas von Männern wollte und das auch für die Zukunft für sich kategorisch ablehnt. Oder nicht? Schließlich gehört doch eine Verabredung mit Bernhard *nicht* zu dem Job, den du hier machst. Das ist sozusagen Freizeit, oder Privatleben, wie immer du es nennen willst. Jedenfalls bist du keineswegs *verpflichtet*, dich mit Bernhard zu treffen."

Alex fühlte sich geradezu peinlich berührt. Die Tatsache, dass er nicht abgelehnt hatte, bedeutete, dass er sich vorstellen könnte, mit Bernhard …

„Vielleicht will ich ja nur einen interessanten Abend mit Bernhard verbringen. Mich endlich mal wieder richtig unterhalten."

„Von Mann zu Mann?"

„..."

Maria sah seine Verwirrung, nahm den alten Faden wieder auf: „Endlich mal wieder richtig unterhalten? Was meinst du damit? Unterhältst du dich nicht richtig, wenn du einen Rock trägst? Wenn du mit uns sprichst?"

„Oh, Entschuldigung! Du hast natürlich recht. Ich meinte nur: sich unterhalten, ohne zu bedenken, dass ich hier eine Theater-Rolle spiele. Unvoreingenommener, unmittelbarer, undiplomatischer sozusagen."

Die beiden nickten. „Das könnte schon sein", stimmte Martha vorsichtig zu. „Aber das glaube ich nicht. Reizt dich nicht *mehr* an Bernhard? Hast du uns nicht erzählt, wie ihr euch angesehen oder eben nicht angesehen habt und wie es dir heiß wurde bei seinen Blicken? Das hört sich nicht nach ‚unvoreingenommen' an."

„Und vor allem", setzte Maria fort, „was empfindest du bei dieser Einladung? Bei dieser Verabredung zu einem Date? Bei der Aussicht, dich mit Bernhard zu einem Date zu treffen?" Sie machte eine kurze Pause. „Mir scheint, die eigentlich wichtige Frage lautet: Was willst *du* von Bernhard?"

Wieder schwiegen die beiden.

Alex hielt bei dieser Frage erschrocken inne. Könnte er wirklich etwas von Bernhard wollen? Er – Alex – von einem Mann? Er war nicht schwul, dessen war er sich ganz sicher. Aber da waren diese seltsamen Begegnungen gewesen, die Martha angesprochen hatte …

Er schüttelte den Kopf. Eigentlich wollte er an dieser Stelle nicht weiterdenken, war jetzt fast ein bisschen pikiert, dass die beiden den Finger auf diese offene Wunde legten und offenbar nicht gewillt waren, ihn dort wieder wegzunehmen.

Nun, dann würde er es sagen: „Wenn ich ganz ehrlich bin, dann habe ich den Eindruck, dass ich darüber gar nicht weiter nachdenken will."

Wieder nickten die beiden. Und ganz anders als er es erwartet hatte, ließen sie den Finger *nicht* in der Wunde liegen. Vielmehr wechselten sie nach einer ganz kleinen Pause das Thema, und in den folgenden Stunden bis zum Abendessen führten sie wiederum ein lebhaftes Gespräch über all das, worüber Frauen sich gern lebhaft unterhalten. Alex lernte auf diese Weise unendlich viel darüber, wie die Welt einer Frau aussah und wie sich Marie darin am besten verhielt.

Kurz bevor sie gemeinsam zum Abendessen hinunter gehen wollten, nahm Martha das Thema aber noch einmal auf.

„Wenn du also die Verabredung mit Bernhard nicht absagen willst, dann wäre es gut, wenn du dich angemessen darauf vorbereitest."

Alex wusste nicht, was sie meinte.

„Nun, mindestens einmal brauchst du ein Outfit. Du kannst ja nicht in Jeans und T-Shirt dahin gehen."

Für einen Augenblick schien Alex das gar keine schlechte Idee zu sein. Dann wäre es zumindest kein ‚Date'?

„Wäre es nicht?"

„Zumindest wäre es dann ein Zeichen von mir, dass ich es nicht so sehe, oder nicht?"

„Auch Jeans und T-Shirt sollten dir gut stehen, und dann bleibt es immernoch Bernhard, der mit seinem

Empfinden darüber entscheidet, ob es ein Date ist oder nicht."

Alex nickte.

„Jedenfalls – bei der Wahl deines Outfits würden wir dir gern helfen. Nicht zuletzt stellt das eine Gelegenheit dar, sich über einiges klarzuwerden. Was hältst Du davon, wenn wir morgen nach dem Frühstück in die Stadt fahren und dich so ausstatten, dass du dich gut fühlst, wenn du dich abends mit Bernhard triffst?"

„Für morgen war eigentlich Wellness vorgesehen …"

„Na also, dann können wir das doch wunderbar miteinander verbinden. Du nimmst deine Wellness-Termine wahr – ich nehme an, dass du zur Massage und zur Kosmetik gehen wirst – und wir begleiten dich und übernehmen dich, sobald du fertig bist."

Und so machten sie es. Der Wagen fuhr vor und die drei stiegen in den Fond wie drei schnatternde Mädchen. Alex war ein bisschen aufgeregt.

Maria und Martha schienen einen Plan zu haben. Nachdem Marie ihre Wellness-Termine wahrgenommen haben würde, würde es darum gehen, erst einmal grob die Richtung herauszufinden, in die es in Bezug auf ein passendes Outfit für das Treffen mit Bernhard gehen sollte.

Alex wollte witzig sein, als er anmerkte, dass jetzt die Motorradkombi nicht schlecht wäre, am besten im Zusammenhang mit einer heißen Maschine, mit der Marie beim Date erscheinen könnte.

Maria nahm den Gedanken begeistert auf: „Heiße Frau auf heißer Maschine – das wär's doch!"

„Also geht es in Richtung ‚heiße Frau'?", fragte Martha nach.

Alex erschrak, dass sie den Gedanken tatsächlich ernst nahm, gab dann aber nachdenklich zu, dass Marie Bernhard durchaus gern gefallen wolle. Und dass sie, wenn sie in sich hineinhorche, den Gedanken, etwas *Heißes* zu tragen gar nicht schlecht finde. Etwas, das sie selbst reizte, in dem sie sich sexy fühlte. Und weibliche Kleidung machte es ja sogar möglich, dass eine Frau etwas Heißes tragen konnte, ohne dass es ihr Gegenüber bemerkte (jedenfalls so lange dieses Gegenüber nicht unter ihren Rock schaute).

„Dann müssen es auf jeden Fall Stay Ups sein," so viel stand für die beiden Grazien fest. Am besten schwarze, aber gut durchsichtige, mit einem Spitzenabschluss. Vielleicht sogar mit Naht. Und dazu würde am besten ein enger Lederrock passen, den Marie jederzeit spüren würde.

„Leder ist einfach etwas Tolles!"

„Leder ist geil!"

Alex freute sich, dass die beiden Maries Gedanken so enthusiastisch zustimmten.

„Der Rock darf aber nicht über die Knie gehen."

„Marie! Nicht über die Knie? Der Rock darf *kaum über den Po* gehen!" Maria gab Marie einen zarten Klaps auf den Hintern und alle lachten.

Martha nickte, als würde sie innerlich eine Notiz machen. Einen solchen Rock würden sie kaufen.

Marie versuchte realistisch zu sein. „Aber wenn man dann den Spitzenrand der Stay Ups sieht! Er darf auch nicht *zu* kurz sein!"

„Natürlich. Andererseits – wenn der Spitzenrand dann zufällig doch einmal zu sehen ist, nur so ein ganz kleines Stückchen, gerade einmal der Rand der Spitzen ... so what?! Gibt es etwas Heißeres?"

„Und ist dir nicht nach heiß? Dann ist das die Krönung!"

„Und wenn du dann ganz unschuldig den Rock wieder hinunterziehst und Bernhard scheu anlächelst, dann wird er bestimmt rot." Wieder lachten alle.

„Das glaube ich zwar nicht, dass Bernhard rot wird", wandte Martha ein, „aber es wird ihn auf jeden Fall reizen, glaub' mir, Marie. Spätestens dann findet er dich auch *heiß*!"

„Aber will ich ihn denn *so* reizen? Ich meine, ich will ja nicht nuttig erscheinen!"

Die beiden nickten. „Selbstverständlich. Hier geht es um Nuancen, um wenige Zentimeter! Der Rock muss eben *genau* passen!"

„Im Zweifelsfall lassen wir ihn dir *an*-passen!"

„Wie der Monroe? Die soll doch für ‚Manche mögen's heiß' in ihre Kleider eingenäht worden sein ..."

Als sie in der Stadt angekommen waren, steuerten sie zunächst den Schönheitssalon an, in dem Marie ihre Termine hatte. Dort kannte man sie bereits und war auf die Besonderheit des Auftrags bestens vorbereitet. Als Marie zwei Stunden später wie neugeboren aus ihrer Kabine kam, standen Martha und Maria schon bereit. Zielstrebig führten sie Marie zu einer kleinen Boutique. Auch hier wurden alle drei sehr freundlich wie alte Bekannte begrüßt, bekamen als erstes einen Tee serviert und dann ging es los. Erster Punkt: ein Lederrock.

Marie probierte eine ganze Reihe an, auch farbige. Immer wieder holte die Verkäuferin ein Oberteil, das sie gemeinsam mit dem Rock im Spiegel betrachtete.

Doch es dauerte, bis sie die richtige Kombination fanden. Zwischenzeitlich hatte sich Marie in ein recht weites Oberteil aus cremefarbenem, seidig glänzenden Satin mit Spagetti-Trägern verguckt. Würde Marie in diesem Oberteil den Arm heben, so hätte Bernhard einen ungehinderten Blick auf ihre makellose Achselhöhle.

Maria schmunzelte. „Das ist natürlich … sehr intim, nicht?"

„Fast ein bisschen wie nackt", fügte Martha lächelnd hinzu, als Marie vor dem Spiegel verführerisch ihren angewinkelten Arm hob, um sich vorgeblich die Haare zu richten.

Aber Marie ging auf die vorsichtigen Einwände zunächst nicht ein. Für sie stellte sich stattdessen die Frage nach dem BH: weiß oder schwarz? Wie heiß, wenn er leicht zu sehen oder zumindest zu erahnen wäre! Dann wäre auch gold oder sogar rot möglich.

„Sündhaft rot."

„Doch", sinnierte sie, „ich finde, die Dessous sollten in einem dunklen Rot sein, mit eleganten Spitzen."

Martha und Maria hielten sich zurück.

Dann aber kam die Verkäuferin mit einem roten Oberteil – einem Rollkragenpullover aus weicher Wolle und recht weitem Schnitt. Die Wolle glänzte leicht.

Maria strahlte Marie an. „Der ist ja schick! Zieh den doch mal an! Diese Farbe wirkt irgendwie aktiver, findest du nicht?"

Martha stimmte ihr zu. „Wenn du das trägst, wird Bernhard das Gefühl bekommen, dass du die Initiative nicht so einfach aus der Hand geben wirst, wie er anzunehmen scheint."

Marie hatte gerade einen schwarzen, recht kurzen

Lederrock an. Als sie den Pullover dazu übergezogen hatte, waren sich alle einig: das war es!

„Dann aber schwarze Dessous!"

Auch das war klar.

Die Verkäuferin brachte mehrere Sets, auch passende Stay Ups mit ausgesprochen schönem Spitzenrand. Marie probierte mehrere von den Sets an, bis sie sich auf eines mit nicht ganz so viel Spitze einigten, dafür einem bequemen Sitz und leichtem Push-up-Effekt. Dabei machte Martha, als die Verkäuferin gerade nicht da war, eine vorsichtige Bemerkung zu ihrem Dekolleté. Alex war sich nicht sicher, ob er sie richtig verstanden hatte: Schlug sie wirklich – *sehr* vorsichtig – vor, dass er sich ... operieren lassen sollte? Dass er sich – wenn auch kleine – Brüste implantieren lassen sollte?! Er sah sie fragend an.

Sie nickte leicht. „Das würde dir immerhin ein richtiges Dekolleté verschaffen, das du in den kommenden Monaten immer wieder wirst brauchen können. Vor allem im Hochzeitskleid! Du würdest das selbst am meisten genießen, glaub mir! Und Brustimplantate kann man mit einem sehr kleinen Schnitt ganz einfach wieder entfernen. Das geht sogar ambulant!"

„Aber ..." Alex konnte es nicht fassen. „Du meinst wirklich, ich sollte mir ... *Titten* ...?!?"

Die beiden sahen ihn nur an.

Im nächsten Moment war die Verkäuferin auch schon wieder zurück, um die zu dem Dessous-Set passenden Stay Ups zu bringen.

„So", sagte Martha schließlich, „nun stellt sich natürlich noch die Schuhfrage. Wonach ist dir?"

„Marie *liebt Stiefel*", antwortete Maria an Maries statt. „Das wissen wir doch! Und zu diesem Anlass –

und zu diesem Outfit – würde ich sie da voll unterstützen!"

Martha erkannte mit einem Blick auf die noch immer leicht geschockte Marie dennoch, dass Maria recht hatte.

„Gut", sagte sie, „dann also Stiefel. Aber dafür müssen wir in einen anderen Laden."

Sie ließen ihre Einkäufe verpacken und zum wartenden Auto bringen. Indessen gingen sie ein paar Straßen weiter und betraten ein kleines Geschäft, in dem, wie Marie dem Schaufenster entnommen hatte, Schuhe offenbar maßangefertigt wurden.

Sie wurden von einem kleinen, korpulenten Herrn in altertümlicher Kleidung und mit einer großen Lederschürze bekleidet bedient. Offenbar war er Inhaber, Schuster und Verkäufer in einem. Mit deutlich schottischem Akzent deutete er zunächst an, dass er jeden Schuh herstellen oder ändern könne, den die ,verehrten Damen' sich nur wünschten. Marie fühlte sich sofort wohl.

Als er schließlich den Wunsch der Damen vernommen hatte, ging er in sein Lager und holte eine kleine Auswahl an unterschiedlichen Modellen hervor.

„Wie hoch soll der Absatz sein?", wandte Martha sich an Marie. „Sieben – zehn – fünfzehn Zentimeter?" Sie schmunzelte.

„Ich weiß nicht so recht. Mit Stiefeln kenne ich mich noch nicht so aus."

„Aber du hast doch schon einige getragen!"

„Na ja, zwei, vielleicht drei Paar."

„Und hatten die eher mehr oder eher weniger Absatz?"

„Wohl eher mehr …"

Die Modelle, die der Schuster vorlegte, unterschieden sich jedoch nicht nur in der Absatzhöhe. Sie variierten in der Schafthöhe, der Art des Schafts, in der Farbe, der Form des Fußteils. Schließlich gab es solche zum Hineinschlüpfen, solche mit Reißverschluss und solche zum Schnüren.

„Und was ist mit Overknees?", fragte Marie irgendwann?

Auch davon brachte der Schuster einige, und Alex merkte, wie es wieder einmal warm wurde in seinem Höschen. Overknees waren … wenn Marie sich *richtig* heiß aufbrezeln wollte, hätten es eigentlich Overknees sein müssen, wurde ihm klar. Aber das war dann doch etwas viel. Das war ihm entschieden zu nuttig. Zumindest für *diesen* Anlass.

Auch Martha sah sein Zögern. „Nein", sagte sie, „das wäre vielleicht doch ein bisschen *zu* heiß, oder nicht? Etwas *zu* viel für den guten Bernhard."

Alex war zugleich erleichtert und enttäuscht.

Nach vielem Hin und Her kehrten sie zu einem Modell zurück, das Marie bereits ganz zu Beginn gesehen und das ihr besonders gefallen hatte: schlichte, schwarze Lederstiefel mit einem schmalen Absatz, der mindestens zehn Zentimeter hoch war. Die Form des Schuhteils war schlank und sehr elegant. Der Schaft reichte bis knapp unter das Knie.

„Zwölf Zentimeter", hatte der Schuster präzisiert. „Zwölf Zentimeter Absatzhöhe!" Und er hatte die ‚junge Dame' aufgefordert, sie anzuprobieren.

Marie hatte sich auf einen Hocker gesetzt und ihre Schuhe ausgezogen. Zum Vorschein waren die frisch und wunderschön lackierten Fußnägel in einem feinen, makellosen Nylongewebe gekommen – Alex hatte sich eingestehen müssen, dass er diesen Anblick seiner eigenen Füße ungewohnt genoss.

Dann hatte der Schuster, der sich vor seine Kundin auf den Boden gekniet hatte, vorsichtig den einen der Stiefel erst über ihren Fuß gezogen, dann den Schaft an ihr Bein gelegt und langsam den Reißverschluss hochgezogen. Allerdings hatte er nun unzufrieden den Kopf geschüttelt. „Der Schaft liegt nicht eng genug an", hatte er gemurmelt. „Das passt nicht richtig."

Marie hatte das schade gefunden. Ihr hatten die Stiefel außerordentlich gefallen, sie hätte sie am liebsten anbehalten.

Nun kam der Schuster auf diese Stiefel, die er die ganze Zeit über nicht wieder weggeräumt hatte, zurück. „Wenn es nur am Schaft liegt", begann er bedächtig, „der ließe sich anpassen."

Er kniete sich noch einmal hin, streifte Marie die Stiefel über und schloss die Reißverschlüsse.

Alex sah den Mann gespannt an. „Aber ich brauche die Schuhe schon heute."

Der Mann sah auf seine Uhr. „Wann?"

„Heute Abend."

Der Mann nickte. „Das bekommen wir hin."

Alex staunte. „Wirklich?"

Der Schuster nickte wieder: „Kein Problem. Eigentlich ist es nicht so viel Arbeit. Sie muss nur *sauber* gemacht werden. Sobald sie fertig sind, bringe ich sie Ihnen."

Den Rest des Nachmittags war Marie trotz des milden Schocks, den sie erlitten hatte, in Hochstimmung. Das Outfit, das sie zusammengestellt hatten, und besonders die Stiefel gefielen ihr so gut, dass sie sich richtiggehend darauf freute, es anziehen zu können. Schon deswegen freute sie sich auf den Abend. Und Martha und Maria vervollständigten das Bild noch, indem sie mit Marie zu einem Juwelier gingen und eine wunderschöne, sehr kleine Armbanduhr kauften, zu der es außerdem eine passende Kette gab, die Marie sich selbst leistete – das erste Mal, dass sie das in diesen Tagen verdiente Geld nutzte, um sich selbst etwas zu leisten, wie sie feststellte.

Und was sie außerdem feststellte: Es war ein *gutes* Gefühl, das Geld in dieser Weise, *für Marie* und für ihr neues Leben zu verwenden!

Alles? *Alles!*

Als sie am späten Nachmittag wieder zu Hause waren, trafen sie sich nach einer kurzen Pause erneut zum Teetrinken. Es wurde Zeit, mit den Vorbereitungen zu beginnen.

Wieder badete Marie ausgiebig und pflegte ihre Haut, die noch von der Pflege am Vormittag samtweich war. Die beiden Grazien trafen in ihrem Zimmer ein, um beim Ankleiden und Schminken zu helfen. Dessous, Stay Ups. Alex wollte zum Unterkleid greifen, doch Maria hielt ihn zurück.

„Moment", sagte sie, „warte einen Augenblick. Zieh das Höschen noch einmal aus."

Alex sah sie mit großen Augen an.

„Vertrau mir."

Also zog er das schwarze Höschen mit dem stilvollen Spitzenbesatz wieder aus. Der Penis, der im Höschen ohnehin schon angespannt gewesen war, begann sofort, sich aufzurichten.

„Zieh erst dies hier an." Damit hielt sie Alex ein Stück hautfarbenes Gummi hin, das sich, als er es in seine Hand nahm, als ein Latex-Slip entpuppte. Er sah Maria wieder an. „Was ..."

„Zieh es an!" Maria bestand darauf. „Du wirst sehen: Wenn du das unter deinem Rock trägst, wird das Gummi mit der Zeit warm und weich und es legt sich wunderbar an deinen Schwanz, die Eier und deine Pobacken an, wie eine zweite Haut. Aber weil das Gummi stabil ist, hält es alles dort, wo es sein soll und macht dir sogar einen flachen Schritt. Übrig bleibt nur der klassische Venushügel vorne und hinten ein süßer Knackarsch." Sie lächelte. „Und mit der Zeit wird das Gummi durch Schweiß und andere Körperflüssigkeiten schön glitschig, so dass sich dein Schwanz, wenn er das Bedürfnis danach hat, ein wenig bewegen kann, hierhin und dorthin." Sie machte entsprechende Bewegungen mit ihrem Zeigefinger. „Das ist ein *geiles* Gefühl, das verspreche ich dir! Du wirst dabei langsam aber sicher ..." – sie zögerte, bevor sie fortfuhr: „den Verstand verlieren." Die Grazien schmunzelten.

„Außerdem", fuhr Martha fort und zeigte auf eine bestimmte Stelle des Gummi-Slips, „befindet sich daran eine dezente Nachbildung dessen, was an dieser Stelle bei einer Frau normalerweise zu finden ist."

Alex drehte den Slip in seiner Hand und sah eine Vulva, mit leicht rötlich gefärbten Schamlippen und einer kaum sichtbaren Klitoris. Er starrte konsterniert auf das Gummi. „Den Verstand verlieren?" Er versuchte, sich möglichst schnell wieder in den Griff zu bekommen. „Ich sollte alle meine Sinne *zusammen* haben, wenn ich mit Bernhard allein bin, und ihr wollt mich in sowas stecken und sprecht davon, dass ich den Verstand verliere!?!"

„Genau!" Maria sah plötzlich bestimmt aus. „Denn du gehst nicht zu einer Gehaltsverhandlung oder zu einem diplomatisch heiklen Empfang, sondern du hast ein Date!"

„Also kannst du dich ganz entspannt einfach fallenlassen!"

„Und es genießen, eine Frau zu sein!"

Alex war wie gelähmt. Da machte Maria Anstalten, ihm den Slip aus der Hand zu nehmen. „Soll ich dir helfen?"

Aber nun wehrte Alex sich und begann, das eingepuderte Gummi-Höschen vorsichtig an seinen Beinen hoch und über seine Pobacken zu ziehen.

„Woher weißt du all das?", fragte er währenddessen beiläufig, noch immer bemüht, seinen Schock zu überspielen, „ich meine zum Beispiel, wie sich ein Schwanz in einem Gummislip anfühlt?" Als er nicht sofort eine Antwort auf seine Frage bekam, hielt er kurz inne und blickte Maria an. Er traute seinen Augen nicht: sie war rot geworden!

„Anderes Thema!", sagte Maria ausweichend und lächelte. „Zieh ihn richtig hoch. Ich meine: *richtig* hoch! Er muss ganz eng ansitzen. Wirklich *haut*eng!"

Alex hätte dieses ‚andere Thema' sehr gern kennengelernt, aber dies war wohl nicht der richtige Zeitpunkt dafür. Stattdessen legte Maria ihre Hand auf die glatte Oberfläche des Gummihöschens und drückte ein wenig, als teste sie den richtigen Sitz. Augenblicklich reagierte Alex' bestes Stück wie erwartet, allerdings verhinderte das noch starre Gummi sein weiteres Wachstum.

Maria zog etwas an dem Gummi herum. „Deine Möse muss schließlich an der richtigen Stelle sitzen, nicht wahr?", kommentierte sie und legte ihre Hand genau auf die falsche Vulva, so dass Alex spüren konnte, wo sie nun saß. „Schau doch mal in den Spiegel."

Als Alex vor den Spiegel trat, erwartete ihn wieder einmal ein kleiner Schock. Die Hautfarbe des Slips passte so genau zu seiner eigenen Hautfarbe, dass praktisch nicht sichtbar war, dass es sich um ein Kleidungsstück handelte. Stattdessen war an der Stelle, an dem er gewöhnlich seinen Penis sah, ganz zart die offenbar glattrasierte Haut eines Frauen-Schritts und der leicht vorgewölbte Venushügel zu sehen. Die Illusion einer nackten Frauen-Scham hätte nicht perfekter sein können!

Alex überlief ein Schauder. Zugleich spürte er soetwas wie Beschämung den beiden Frauen gegenüber, die ihn genau beobachteten. Er fühlte sich so nackt wie noch niemals zuvor. Er versuchte etwas zu sagen. „Das ist …", brach jedoch wieder ab. Der Anblick war schön, sicher, aber auch … Alex fühlte sich peinlich berührt, unsicher, sogar irgendwie schuldig.

„Das ist wunderschön!", vollendete Martha seinen Satz, stellte sich vor dem Spiegel neben ihn und fasste ihn um die Taille. „Das ist so schön, wie es nur sein kann, meine Liebe! Und so *richtig!*"

Damit drehte sie sich zu Marie um und küsste sie auf den Mund, während sie eine Hand in ihren Schritt legte und ihn leicht massierte.

Als sie sich wieder von Marie löste und die Röte in deren Gesicht sah, lächelte sie.

Nun trat Maria vor Alex, bückte sich und hielt das spitzenbesetzte, schwarze Höschen so, dass er nur hineinsteigen musste. Ganz automatisch hielten beide Frauen dabei ihre Knie so züchtig zusammen, dass ihre Bewegungen vollendet elegant aussahen. Anschließend zog Maria das Höschen an Alex' Beinen hoch bis in seinen Schritt. Im Spiegel sah es so aus, als würde Maria eine Schaufensterpuppe anziehen, in Wirklichkeit fühlte sich das einfach umwerfend an.

Als Maria das Höschen über den Latex-Slip zog, durchfuhr Alex erneut ein heißer Schauder. Unwillkürlich entfuhr ihm ein Seufzer. „Ich werde mich", flüsterte er, „angesichts dieses warmen, weichen Latex-Slips mit meiner rasierten Möse vermutlich kaum auf das konzentrieren können, was Bernhard mir sagen wird, stimmts?"

Die beiden Grazien sahen ihn amüsiert an. „So ist

das eben bei den Frauen. Was meinst du denn, warum Frauen so oft abwesend wirken, etwas nicht oder irgendwie anders mitbekommen, als es eigentlich gemeint war, oder so abrupt ein Thema wechseln, als hätten sie den Verlauf des Gesprächs gar nicht richtig mitbekommen? Dann sind sie meist mit ihrem Innenleben beschäftigt oder mit dem, was unter ihrem Rock, in ihrem Höschen passiert. Wie sich etwas anfühlt, ein Stoff – Nylon zum Beispiel oder Spitzen oder auch Gummi auf frisch rasierter, glatter Haut – oder ein auf eine bestimmte Art geschnittenes Kleidungsstück, das hast du inzwischen ja auch schon kennengelernt. Aber es gibt immer noch eine Steigerung."

Insgesamt, so war der Plan gewesen, würde das Outfit aus Pullover, Rock und Stiefeln dazu führen, dass Marie nicht etwa als scheues Lämmchen erschien, das auf die Hilfe und die Initiative des Mannes angewiesen ist, sondern selbstbewusst und aktiv, auch wenn das Darunter möglicherweise etwas ganz anderes bewirkte. Die im Wortsinn perverse Strategie bestand darin, diese tatsächliche Schwäche von außen nicht sichtbar werden zu lassen und sie mit scheinbarer Souveränität zu überspielen.

Der rote Rollkragenpullover in Kombination mit dem schwarzen, engen Lederrock, den sie über ihr spitzenbesetztes, schwarzes Unterkleid zog, wirkte fast schon dominant – noch schlimmer wäre nur noch eine rote Bluse gewesen –, fand Marie, als sie sich im Spiegel musterte, und die schwarzen Stiefel mit den 12 Zentimetern Absatz, die der Schuster vor wenigen Minuten gebracht hatte, saßen nicht nur perfekt, sie sahen auch so aus, als würde Marie niemals etwas anderes tragen. Mit diesen Stiefeln würde sie außerdem so groß sein, dass sie Bernhard ziemlich genau auf Augenhöhe begegnen würde.

Sie hatten darüber diskutiert, welche Jacke am besten zu diesem Outfit passen würde. Marie hätte eine Rocker-Lederjacke gefallen, aber auch das wäre *zu* dominant gewesen, hatten die Grazien befunden. Stattdessen hatten sie sich für einen weichen, braunen Kamelhaarmantel entschieden, für den Klassiker! Er ging Marie bis knapp über die Knie, verhüllte also elegant, was sie darunter trug und dass der Rock deutlich kürzer war als der Mantel, und ließ stattdessen nur die schlanken Beine in den schwarzen Strümpfen und – eben – die schwarzen Stiefel sehen. Wenn Marie den Mantel zunächst geschlossen trug und ihn dann öffnete, sollte Bernhard der Atem stocken, sobald er ‚so viel Bein' und den kurzen, schwarzen Lederrock sah!

Beim Make-up hatte Alex sich ganz den beiden Frauen überlassen. „Eher zurückhaltend", entschieden sie. Sicher, ein Abend-Make-up sollte es schon sein. Aber Marie sollte ja nicht als Drag Queen auftreten oder als Vamp. Das hielten die beiden dann doch für ein bisschen *zu* aktiv. Alex brachte die Rede auf Gothic – „so lange ich Frau bin, möchte ich irgendwann auch einmal gothic style ausprobieren", verkündete er. „Da gibt es ziemlich heiße Sachen, finde ich, die haben mir schon immer gefallen."

„Und da du jetzt Frau bist, kannst du sie nun auch tragen", frohlockte Maria. „Das mache ich mit. Ich finde gothic auch supergeil!"

„Beim Make-up können wir uns da heute schon einmal etwas abgucken", stimmte Martha zu, „schließlich ist das Make-up der Goths oftmals *sehr* weiblich."

Also begann sie, blieb dabei aber vorsichtig. „Gothic", sagte sie, während Alex seine Augen geschlossen halten musste, „heißt ja nicht nuttig oder Vamp, gothic hat etwas sehr Klassisches, mit einer leichten Betonung der Augen."

Sie klebte Alex künstliche Augenwimpern an. Anschließend tuschte sie sie dunkel und trug einen ebenso dunklen Lidschatten auf. Die Lippen dagegen schminkte sie eher hell, fast farblos. Auch mit Rouge und anderen Farben war sie sehr zurückhaltend.

„Passt das zu dem Outfit?", fragte nun Maria nachdenklich, während sie Marthas Werk aufmerksam musterte. „Das ist ja alles andere als goth! Ich finde, der rote Pullover verlangt geradezu nach einem ebenso roten Lippenstift."

Martha fügte dem Make-up einige Rottöne hinzu, noch immer zurückhaltend und kaum sichtbar, der Lippenstift allerdings wurde nun dunkelrot, so dass er gut zum Pullover passte. Nun stimmte auch das Make-up.

Bei der Wahl des Schmucks hatte sich auf ihrer Shopping-Tour wiederum eine Diskussion ergeben. Aber in diesem Punkt hatte Alex die beiden überzeugen können. Es war ihm inzwischen klar geworden, dass er sich in dieser Situation wirklich *als Frau* fühlen wollte, so sehr Frau wie nur irgend möglich. Schließlich war dies ganz unverkennbar kein Arbeitsessen. Zu einem Date aber schmückte sich eine Frau, putzte sich heraus, machte das Beste aus sich, und dazu konnte auch der Schmuck beitragen. Das wusste Alex aus eigener Erfahrung.

Also hatten sie gemeinsam nach entsprechendem Schmuck gesucht. Alex legte zusätzlich zu der Uhr und der goldenen Halskette noch ein Armband und Ohrringe an, und nun war er froh, dass Marie bereits Ohrlöcher hatte und sie also richtige Ohrgehänge tragen konnte.

Dann endlich war der Augenblick da: Marie war vollständig angekleidet und gestylt. Sie stand vor dem Spiegel – Maria neben ihr mit dem Parfum-Flakon in der Hand, denn Parfum durfte bei einem solchen Outfit nicht fehlen. Sie nebelte Marie mit einer nur für einen Augenblick sichtbaren Wolke ein. Es duftete nach Blumen und nach noch sehr viel mehr. Da entschlüpfte Alex ein „Wouw" und er spürte, wie es schon wieder in seinem Höschen warm wurde. *Sehr* warm. Das Gummi hatte eine ganz eigenartige Wirkung auf seinen Schwanz: als wenn sich eine warme, weiche Hand darum legen würde. Das, was er im Spiegel sah, fand er ganz entschieden heiß! Er ließ Marie ein wenig die Oberschenkel zusammenkneifen, um die Wirkung zwischen ihren Beinen möglichst noch zu vergrößern, und sah, wie sich ihre Silhouette im Spiegel veränderte, noch weiblicher, noch verführerischer wurde. Sie knickte leicht in der Hüfte ein, verlagerte das Gewicht auf das Standbein und hob das Spielbein auf die Fußspitze – der Eindruck verstärkte sich erneut.

Maria und Martha schmunzelten nicht zum ersten Mal.

Versuchsweise zog Marie den braunen Kamelhaarmantel an und dazu schwarze Lederhandschuhe, die Martha ihr wortlos reichte, und nahm ihre schwarze Lederhandtasche – und da war sie wieder, diese andere Welt, die Alex früher aus der Ferne bewundert, zu der er aber glaubte niemals Zugang zu erhalten! Die Welt der Schönen und Reichen, der Menschen, die ein Leben nach vollkommen anderen Regeln lebten als er. Jetzt sah es ganz so aus, als gehörte er dazu! Als sei er nun ein Teil davon. Aber nein: nicht *er*, natürlich. Er hatte jetzt die Seiten gewechselt, gehörte nun zu dieser bewunderten, begehrten Welt, aber nicht als ‚Alex‘, sondern nur als ‚Marie‘ – *sie* gehörte dazu, nicht *er*.

Was für eine andere Welt – in jeder Beziehung! Diese wunderschönen, eleganten, zugleich heißen Kleidungsstücke und Accessoires … Männerkleidung kam da einfach nicht mit. *Gar nicht!* Das Gefühl, das diese Kleidungsstücke, das Make-up und die Accessoires erzeugten, war mit nichts zu vergleichen, was ein Mann mit seiner Kleidung und seinem Styling erleben konnte, das musste er – überwältigt – eingestehen.

In diesem Augenblick nahm er sich vor, dieses Gefühl nach allen Regeln der Kunst auszukosten, wenigstens vorübergehend dieser Welt der Reichen und Schönen und vor allem: dieser Welt der reichen und schönen *Frauen* so vollständig und intensiv wie irgend möglich anzugehören! Er würde es genießen, würde alles mitnehmen, was sich ihm bieten würde!

Alles?

Alles!

Diese wunderbare Zeit würde schnell genug wieder zu Ende gehen – er hatte nicht etwa *ein ganzes Leben* vor sich, um langsam alles kennenzulernen und sorgfältig auszuwählen. Er hatte nur diese wenigen Wochen, vielleicht ein paar Monate, höchstens ein Jahr, wie sie gestern erst errechnet hatten.

Ein Jahr! Mehr Zeit würde er aller Voraussicht nach nicht haben.

Das war ihm erst als sehr lang vorgekommen, aber bei den vielen Möglichkeiten, die sich ihm hier auftaten, würde ein Jahr sicher schnell vorüber sein. Schließlich wurde die Liste dessen, was er in dieser Zeit ausprobieren wollte, kontinuierlich länger: elegante Frau, Mädchen im Blumenkleid, Motorradbraut, gothic lady, ins Korsett geschnürte Frau des 19. Jahrhunderts, Lack/Latex/Leder ... da würden im Laufe der Zeit sicher noch weitere Möglichkeiten hinzukommen. Und nicht zuletzt bot sich mit dem heutigen Date eine Gelegenheit, die Alex noch gar nicht richtig benennen konnte. Wenn er ... vielmehr: wenn Marie es wollte, könnte sie mit Bernhard sicher auch Erfahrungen ganz anderer Art machen, selbst wenn sie mit ihm nicht gleich im Bett landen wollte (wollte sie eigentlich? – *natürlich nicht!*).

Inzwischen war Marie schon etwas spät dran. Ursprünglich hatten sie noch in aller Ruhe am Kamin sitzen und etwas trinken wollen, bevor Bernhard kommen und sie abholen würde. Nun war es jedoch schon fast soweit.

Und plötzlich merkte Marie, wie sie von Minute zu Minute nervöser wurde.

„Lass uns trotzdem zum Kamin gehen", schlug Martha vor. „Für einen kleinen Drink wird die Zeit auf jeden Fall noch reichen. Und schließlich: eine schöne Frau kann es sich leisten, auf sich warten zu lassen. Alles andere wäre sogar ‚nicht standesgemäß'!" Und sie lächelte Marie so liebenswürdig an, wie es nur Martha vermochte. Bei Marie steigerte das allerdings die Nervosität nur noch mehr.

Also gingen sie hinunter.

Sie trafen Paul im Kaminzimmer an. Sobald die drei Frauen mit gemeinschaftlich klackernden Absätzen den Raum betraten, erhob er sich aus einem tiefen Sofa, in dem er mit einem schönen, alten Buch gesessen hatte. Als sein Blick auf Marie fiel, stutzte er kurz, schien fast den Mund nicht wieder zu zu bekommen. Martha lächelte. „Marie geht heute aus."

„Und wer ist der Glückliche, der mit ihr den Abend verbringen darf?", frage Paul, der beinahe den Eindruck erweckte, als würde er den ‚Glücklichen' beneiden.

„Bernhard. Wahrscheinlich werden sie gemeinsam ein bisschen von Deutschland träumen." Alle lachten und setzten sich an den Kamin, in dem ein schönes Feuer brannte. Paul goss Getränke ein.

„Wie lange bist du jetzt eigentlich schon hier bei uns?", wandte er sich an Marie.

„Eine Woche."

„Nicht länger?" Paul dachte einen Augenblick nach. „Mir kommt es so vor, als wenn du schon wochenlang hier wärst."

„Ehrlich gesagt, mir auch," pflichtete Marie ihm bei. „Es ist so viel geschehen! Aber tatsächlich ist es noch nicht mehr als eine Woche."

Alex war dankbar für den einfachen Small talk, denn seine Nervosität stieg weiter mit jeder Minute, die verging. Allerdings war er so sehr mit sich selbst und dem ungewohnten Gefühl, so ‚aufgebrezelt' zu sein, beschäftigt, dass er gar nicht dazu kam, darüber nachzudenken, was gerade mit ihm geschah. Damit wäre er vollkommen überfordert gewesen.

In diesem Augenblick spürte er beispielsweise wieder das ungewohnte Latex-Höschen. Er stand auf, weil er das Gefühl hatte, dass es eng wurde, und trat an den Kamin. Er presste sanft die Oberschenkel zusammen und erschauerte, als hätte jemand auf einen Knopf gedrückt und ihm einen gut dosierten, leichten Stromstoß durch den Unterleib geschickt.

„Fühlst du dich denn in deinem Zimmer wohl?", fragte Paul, der von alledem nichts mitzubekommen schien. „Wir haben ja schon darüber gesprochen: Du könntest auch in ein anderes Zimmer ziehen, ein moderneres."

Alex versuchte sich zu konzentrieren. Er drehte sich um und verdrehte dabei ein wenig kokett die Beine. So blieb er stehen, mit dem Glas in der Hand. „Nein, nein, es ist wunderbar! Im Augenblick genieße ich gerade dieses Altmodische. Schließlich passt es gut zu diesem wunderschönen, alten Castle. Und einen Erker mit einem solchen Blick in den Park wird es in den anderen Zimmern sicher nicht geben."

„Schön. Falls das einmal anders wird, du dich mehr an das Castle gewöhnt hast und dir aufgefallen ist, dass es durch deine Fenster und den Kamin zieht wie Hechtsuppe, dann brauchst du nur ein Wort zu sagen und du bekommst ein bequemeres Zimmer bzw. ein richtiges Apartment."

Alex bedankte sich höflich und war froh, dass Martha in das Gespräch einstieg. Er konnte nicht anders, als ununterbrochen in seinen Körper hineinzufühlen und zu genießen, wie wohl er sich in dieser Kleidung fühlte.

Da betrat der Butler den Raum und meldete die Ankunft von Bernhard. Gleich darauf trat dieser selbst ein, noch im Mantel, womit er offenbar signalisieren wollte, dass er sich nicht erst hinsetzen, sondern unmittelbar aufbrechen wollte. Alle erhoben sich und begrüßten ihn. Als Bernhard vor Marie stand und ihr die Hand reichte, machte er eine höfliche Verbeugung und deutete elegant einen Handkuss an. Dann hielt er ihr den Kamelhaarmantel hin, den Martha ihm gereicht hatte und half Marie hinein. Er verhielt sich vorbildlich höflich und galant – und trotzdem war Alex fast ein wenig enttäuscht, dass er nicht einmal einen Hauch von Überraschung an ihm hatte beobachten können. Bernhard hatte sich zweifellos gut in der Hand. ‚Mal sehen, ob das den Abend über so bleiben wird', dachte Alex bei sich – und erschrak. Schließlich hörte sich das so an, als wenn er etwas Bestimmtes erreichen wollte.

Austern und Chili

Bernhard war von Anfang an ausgesprochen galant Marie gegenüber. Er half ihr nicht nur in den Mantel und reichte ihr Handschuhe und Handtasche, sondern er hielt ihr auch die Haus-, dann die Autotür auf und als er bemerkte, dass in dem engen Lederrock das Einsteigen in seinen niedrigen Sportwagen nicht einfach war, reichte er ihr galant eine Hand, damit sie sich daran festhalten konnte. Dann schloss er die Autotür sanft hinter ihr.

Augenblicklich war Alex wieder vor allem anderen damit beschäftigt, zu *fühlen*. Anfangs bemühte er sich, möglichst unauffällig den Mantel über den Knien zusammen zu halten. Doch dann ließ er auch einmal einen flüchtigen Blick auf das schlanke Bein darunter zu. Mit dem kurzen Rock fühlte sich sogar das Sitzen in dem sportlichen Autositz anders an, und das Bild der frisch manikürten Hände, während sie auf der Handtasche in ihrem Schoß lagen, sah einfach umwerfend aus! *Mehr Frau* und mehr *elegante* Frau ging nicht!

Sie verließen das Castle über die Allee und das große Tor. Bernhard hatte in dem Augenblick den Small talk abgebrochen, als sie das Kaminzimmer verlassen hatten. Sobald der Wagen mit einem leisen Grollen des Motors in Bewegung gekommen war, begann er von sich zu sprechen. Er erzählte von seiner Jugend und seinem bereits früh erkannten Berufswunsch. Von seinem Studium. Er hatte zunächst seinem Vater zuliebe Jura studiert, das Studium aber nach seinem ersten Staatsexamen aufgegeben und sich der Literatur- und Kunstwissenschaft zugewendet.

Alex fand es angenehm, dass sein Redefluss so dahinplätscherte. Er war beim Anblick des sehr nobel gekleideten Bernhard wie erstarrt, hatte sich für einige Zeit verschüchtert und unsicher gefühlt. Bei seinem Gang neben Bernhard her zum Auto war er sich linkisch vorgekommen und hatte gefürchtet, dunkelrot angelaufen zu sein. Als Bernhard Marie beim Einsteigen geholfen und sich ihre Hände berührt hatten, hatte es in seinem ganzen Körper gekribbelt und er hatte sich nur mühsam darauf konzentrieren können, sich ordentlich hinzusetzen. Natürlich hatte sich bei dem Versuch, in den niedrigen Wagen einzusteigen, der Mantel ein wenig geöffnet und es waren die Beine in den verführerischen, schwarzen Strümpfen und der heiße Lederrock unter dem Mantel sichtbar geworden. Bernhard hatte sich allerdings nichts anmerken lassen, Alex seinerseits freute sich für einen ganz kurzen Augenblick selbst an diesem wunderbaren Anblick, der durch die schönen Stiefel gekrönt wurde.

Nun saß er da und versuchte, so souverän wie möglich seine Rolle zu spielen. Er ließ Marie die Oberschenkel züchtig zusammenkneifen, hatte die Hände in den Schoß gelegt und war froh, dass Bernhard offenbar keinen Redebeitrag von Marie erwartete. Langsam begann er, mitzubekommen und zu verstehen, was Bernhard erzählte.

Verstohlen musterte er ihn, während Bernhard sich auf die schmale, kurvenreiche Straße konzentrierte, durch die sich der schnittige Jaguar F-Type mit leise brodelndem Motor bewegte. Nein, für einen Schriftsteller hätte man ihn wirklich nicht gehalten in seinem eleganten, perfekt sitzenden Anzug, zu dem er eine geschmackvoll ausgewählte, dezente Krawatte und das passende Einstecktuch trug. Alex fiel ein Siegelring auf, den er am Ringfinger der rechten Hand trug, auch wenn er das fein ziselierte Siegelbild nicht erkennen konnte. Die Hand mit dem Ring sah sehr männlich aus, fand er.

Eben sprach Bernhard über die Erfüllung, die er durch sein Studium der deutschen und englischen Literatur gefunden hatte. Dass es gewissermaßen die erste Hälfte seines Glücks ausmachte, sich mit dem geschriebenen Wort zu beschäftigen, mehr noch: selbst zu schreiben.

Gedankenverloren, mehr aufgrund des Gefühls, auch einmal etwas sagen zu müssen, fragte Alex: „Und was ist die andere Hälfte?"

Bernhard schien einen Augenblick zu zögern, sah Marie kurz von der Seite an, bevor er seine Blicke wieder auf die Straße vor ihnen richtete. „Die andere Hälfte meines Glücks?" Er machte eine kleine Pause, als müsse er sich besinnen, ob er auf die Frage antworten wollte, bevor er fortfuhr: „Das ist natürlich die Liebe!"

Alex schreckte auf, als sei er versehentlich in eine Pfütze – oder ein Fettnäpfchen – getreten. „Die Liebe?"

„Ja, natürlich! Die Liebe. Kann es etwas Wichtigeres im Leben geben als die Liebe?"

Alex richtete sich kerzengerade auf und versuchte sich zu konzentrieren. Er kniff noch einmal bewusst die Oberschenkel zusammen, sah auf seine roten Fingernägel hinab und stieß mühsam „Nein, natürlich nicht," hervor.

Wie peinlich, ein solch verfängliches Thema angesprochen oder doch zumindest provoziert zu haben.

Nun schwieg Bernhard für ein paar Minuten, als würde der Straßenverkehr, der in der Stadt deutlich dichter wurde, seine ganze Aufmerksamkeit in Anspruch nehmen. So erreichten sie das Restaurant, das

Bernhard ausgewählt hatte, ohne ein weiteres Wort gewechselt zu haben.

Bevor er ihn ausschaltete, heulte der Motor einmal kurz auf. Dann kam Bernhard um die eindrucksvolle Motorhaube herum gelaufen und half Marie formvollendet beim Aussteigen. Wieder begann das Abenteuer des Gehens in dieser verführerischen Kleidung. Marie hakte sich bei Bernhard unter, denn der Weg führte über lockeren Kies, der für die 12-cm-Absätze der Stiefel eine echte Herausforderung darstellte. Und sie wollte *auf gar keinen Fall* straucheln oder gar hinfallen! Schließlich betraten sie das Lokal und der Kellner führte sie zu ihrem Tisch. Bernhard nahm Marie den Mantel ab, gab ihn dem Kellner und rückte ihr dann den Stuhl zurecht. Erst dann setzte auch er sich.

Alex fühlte, wie die Nervosität langsam von ihm abfiel, nicht aber die Aufregung. Er begann den Abend zu genießen. („Alles? *Alles!*")

Zunächst ging es nun darum, auszusuchen, was sie essen wollten. Bernhard beriet Marie aufmerksam und zurückhaltend, schloss sich ihren Wünschen an und bestellte schließlich Aperitif, Getränke und Speisen, während Alex sich entspannt zurücklehnte. Wie angenehm es war, so umsorgt zu werden! Das hatte er – natürlich! – noch niemals in seinem Leben erlebt, und er bemerkte, dass es Marie gefiel. Sie kam sich vor, als wäre sie etwas ganz Besonderes, etwas Kostbares. Mit allem, was er tat und sagte, drückte Bernhard seine besondere Achtung Marie gegenüber aus.

Aber war es wirklich Achtung, die aus seinem Verhalten sprach? Alex presste unter dem Tisch wieder seine Oberschenkel gegeneinander und spürte die Stiefel mit den hohen Absätzen an seinen Waden, die seine

Füße sanft in eine elegante und *sehr* weibliche Stellung zwangen. Und er fühlte, wie er von all diesem erregt wurde. Plötzlich spürte er auch wieder das Gummihöschen, das er trug, mit der falschen Vagina daran, und es lief ihm kalt den Rücken herunter. Wie weit er inzwischen gegangen war! In seinem Schritt befand sich nicht mehr (nur) ein Männerschwanz, sondern (auch) eine Vagina! Oder jedenfalls ... fast. Aber dieses ‚fast‘ reichte schon aus, um es in seinem ganzen Körper prickeln zu lassen. Zumal es in dem Höschen inzwischen ziemlich feucht geworden war und Alex in diesem Augenblick spürte, dass sein bester Freund sich im Gummi bewegte: er wuchs, versuchte ganz offensichtlich noch größer zu werden und rutschte dabei in der Feuchte des Höschens zur Seite.

Das würde er korrigieren müssen! Er würde auf die Toilette – die *Damen*toilette! – gehen müssen und alles wieder zurechtrücken ...

Und schon war es passiert: Bernhard hatte seine Bestellung längst beendet, aber statt nun wieder den Gesprächsfaden aufzunehmen, beobachtete er Marie wortlos.

Alex errötete leicht, setzte sich auf seinem Stuhl zurecht, streckte den Rücken durch und räusperte sich.

„Entschuldige bitte! Ich war etwas abgelenkt. Mir ... mir geht gerade so viel im Kopf herum."

„Ja," antwortete Bernhard und lächelte, „es geschieht im Moment sehr viel in deinem Leben! Erst wirst du ... sollte ich sagen: entführt? jedenfalls aus deinem gewohnten Leben gerissen und nach England verfrachtet. Dann sollst du auch noch verheiratet werden an einen sterbenden Millionär. Und all das in einer Rolle, die du spielen sollst, die dir zwar – wenn ich das sagen darf – auf den Leib geschrieben ist, aber in der du, wie ich vermute, noch recht neu bist."

Alex sah ihn erstaunt an. „Du scheinst so ziemlich alles zu wissen."

„Bis auf die Frage, ob du auch vor dieser Rolle schon Kleider getragen hast, weiß ich ziemlich viel, ja. Ich sage das, damit du mich nicht erst ‚abtasten‘ musst, um herauszufinden, wieviel ich tatsächlich weiß und was du vor mir geheimhalten musst."

Bernhard lächelte und nun lächelte auch Alex und fühlte zugleich eine kleine Enttäuschung und ziemliche Erleichterung in sich aufsteigen. „Das ist sehr angenehm. Ich empfinde es als einigermaßen anstrengend, jedem eine andere Rolle vorspielen zu müssen, wo es doch vor allem darauf ankommt, *Tom* gegenüber die entsprechende Rolle zu spielen."

„Das kann ich mir gut vorstellen. Wahrscheinlich würde ich in deiner Situation sehr schnell den Überblick darüber verlieren, wer was weiß. Ich bin kein guter Schauspieler, musst du wissen, und gleich mehrere Rollen spielen zu müssen, ist nichts für mich."

‚Kein guter Schauspieler, soso‘, dachte Marie und war entzückt. Das machte es wahrscheinlich leichter, Bernhard zu verstehen.

„Wobei", fuhr Bernhard fort, „für mich natürlich vollkommen unvorstellbar ist, überhaupt eine solche Rolle zu spielen, wie du sie spielst. Ich habe dich beobachtet und mich dabei gefragt: wieviel spielst du eigentlich? Ich meine, dein Auftritt, deine Erscheinung ist so vollkommen, so perfekt, dass ich mir gar nicht vorstellen kann, dass du *überhaupt* etwas spielst, dass also nicht einfach alles wirklich und echt ist."

Alex fühlte sich geschmeichelt. „Danke", sagte er

und errötete wieder einmal, „es freut mich, dass du das so empfindest. Tatsächlich dachte ich auch immer, dass ich kein guter Schauspieler bin, aber das scheint nicht ganz richtig zu sein."

„Oder es ist doch richtig, und du *spielst* tatsächlich das meiste nicht. Zwar heißt es: ‚Kleider machen Leute'. Aber vielleicht trifft dieses Zitat bei dir gar nicht richtig zu. Vielleicht *bist* du ja auch das, was du in diesen Kleidern spielst."

Alex zögerte einen Augenblick. Bernhard sah ihn aufmerksam an und wartete geduldig auf eine Antwort.

„Es ist interessant", nahm Alex nach kurzem Überlegen den Faden wieder auf, „etwas Ähnliches haben Martha und Maria vor kurzem auch gesagt. Als würden diese Kleider nur etwas zum Ausdruck bringen, das tatsächlich *auch* in mir steckt. So jedenfalls drückten sie es aus."

„Das würde ich ganz genau so sehen. Ich bin davon überzeugt, dass man das, was du ausstrahlst, nicht *spielen* kann. Dafür ist deine ganze Erscheinung viel zu glaubwürdig!"

In diesem Augenblick kamen die Vorspeisen. Sie bestanden aus mehreren einzelnen Schälchen, und Bernhard ging nun dazu über, zu erklären, was sie enthielten, wie sie schmeckten und wie sie zu essen waren, denn es waren z.B. Austern darunter, die Alex noch nie zuvor gegessen hatte.

„Übrigens galten Austern früher einmal als Aphrodisiakum", kommentierte Bernhard schmunzelnd, bevor er eine seiner Austern ausschlürfte – Alex hatte mit wachsender Begeisterung bereits zwei verspeist und hielt nun erschrocken inne – „aber das war schon im

17. Jahrhundert, und ich weiß nicht, ob an der Geschichte etwas dran ist." Sprach's und schlürfte genüsslich die nächste Muschel aus.

Alex nahm einen großen Schluck Wein. Er hatte plötzlich den intensiven Drang, sich den Mund auszuspülen.

Währenddessen sprach Bernhard über Samuel Pepys (er sprach ihn „Pipps" aus, schien mit ihm auf sehr vertrautem Fuß zu stehen), Mitarbeiter der britischen Admiralität in den 1660er Jahren und einer der berühmtesten Tagebuch-Schreiber der Geschichte der Tagebuch-Schreibens. Auch Pepys hatte Austern aufgrund ihrer aphrodisierenden Wirkung verwendet und das nicht nur in Bezug auf seine eigene Frau, sondern vor allem mit Blick auf andere, willigere Mädchen, und das trotz seiner unverkennbaren Eifersucht.

„Besonders lustig, wenn er seiner Frau erst ihren Wunsch nach einer neuen Haube verweigert und ihn nach einem erneuten Einsatz von Austern bei einem willigen Mädchen dann doch gewährt – das schlechte Gewissen wird von ihm selbst thematisiert. Da war er in seinem Tagebuch durchaus schonungslos mit sich selbst."

Inzwischen wurde eine weitere Vorspeise serviert: eine Tomaten-Chili-Suppe. Alex hatte sie v.a. im Hinblick auf die Tomaten gewählt, Tomatensuppe gehörte mit zu seinen Lieblingsspeisen. Die Chili nahm er gewissermaßen als vornehme Attitüde eines teuren Restaurants in Kauf. Einfach nur Tomatensuppe ging hier offenbar nicht.

Bernhard sprach weiter über diesen Pepys und Alex stellte sich jene Zeit und ihre Mode vor: große Perücken, ausladende Kleider, tiefe Dekolletees – die Herren mit viel Spitze an Ärmeln und Kragen ihrer Hemden und mit Spazierstöcken mit Silberknauf, die Damen unter ihren ausladenden Reifröcken *sehr* eng geschnürt – die Busen sollten buchstäblich aus den Dekolletees herausquellen! – und ohne Höschen. Und da es in Schlössern wie Versailles und dem Buckingham Palace keine oder viel zu wenige Toiletten gab, hockten sie sich einfach irgendwo in die Ecken und ließen ihren Kot fallen (und liegen). Praktisch, bei so weiten Röcken und ohne Höschen, die sie erst hätten herunterziehen müssen. Allerdings rechtfertigte das auch den mehr als verschwenderischen Gebrauch von Parfum zur Geruchskaschierung.

Bernhard sah Marie an. Alex wurde bewusst, dass er den letzten Satz von ihm schon wieder nicht mitbekommen hatte. Bernhard lächelte.

Auch Alex lächelte. „Entschuldige bitte, ich war gerade wieder einmal ein bisschen abgelenkt." Er räusperte sich. „Es fällt mir im Augenblick etwas schwer, mich richtig zu konzentrieren."

Bernhard hörte seinerseits aufmerksam zu.

„Es ist alles so neu und … anders, als ich es bisher kenne."

Und weil Bernhard sie gespannt ansah und den Eindruck vermittelte, als würde es ihn interessieren, begann Alex von den vergangenen Tagen zu erzählen, von seiner Ankunft im Castle an, wobei er all das geflissentlich wegließ, was er lieber für sich behalten wollte. Aber es wurde doch deutlich, wie sehr diese Situation von Unsicherheiten geprägt gewesen war und zugleich durch die tätige Hilfe von aufmerksamen Menschen.

Als schließlich das Hauptgericht serviert wurde –

Garnelen in einer pikanten Curry-Sauce, dazu erlesenes, malerisch auf den großen Tellern drapiertes Gemüse –, war er gerade dabei, eine möglichst jugendfreie Version der Beschreibung von Maria und Martha zu geben, was ihm aufgrund der unverkennbaren Reize der Grazien nicht ganz leicht fiel.

Bernhard nickte und lächelte auf eine Weise, die Alex den Eindruck vermittelte, als wisse er sehr wohl um die *nicht*-jugendfreien Aspekte an der Geschichte. Tatsächlich legte er kurz seine Hand auf die von Marie, die eben nach dem Besteck greifen wollte, um die Garnelen in Angriff zu nehmen.

„Ich kenne die beiden schon sehr lange," sagte er dabei. „Es gibt niemanden wie sie! Sie sind … einfach makellos! Bei ihnen trifft vollendete Schönheit auf eine Art der Ausstrahlung, wie ich sie noch nie erlebt habe. Wahrscheinlich muss man das so sagen: es ist wahre Erotik, die die beiden umgibt, findest du nicht?"

„Wahre Erotik?"

„Na ja, es ist doch unverkennbar Erotik … oder jedenfalls Sinnlichkeit, die sie umgibt. Ich meine – möglicherweise sind beide so keusch wie Nonnen, aber wenn ich ehrlich bin, sprechen sie mit ihren Reizen doch alle Sinne des Mannes an."

Alex wollte an diesem Punkt nicht weitergehen, daher ging er kurzentschlossen in die Offensive: „Auch deine?" Und sah Bernhard gespannt an.

„Natürlich!" Es schien gar keine Frage zu sein, und er wollte offenbar auch gar nicht erst so tun, als würde er aus objektiver Distanz sprechen. „*Gerade* meine, wenn du so willst."

„Wenn ich so will?"

„Na ja, ist so ein Spruch. Also: Ja, gerade meine. Ich

habe den Eindruck, dass um sie her die Atmosphäre geradezu flimmert. Ich meine, sie bräuchten nur mit dem Finger zu schnipsen und jeder Mann in der näheren und weiterer Umgebung würde ihnen zu Füßen liegen und zu Diensten sein, nur um ein einziges Lächeln von ihnen zu erhaschen."

„Dich eingeschlossen?"

„Nun", Bernhard schmunzelte, „ich kenne sie tatsächlich schon so lange, dass ich in der wunderbaren Situation bin, nicht erst auf ein Schnipsen warten zu müssen oder darauf, dass sie ihr Taschentuch fallenlassen. Allerdings ..."

Er zögerte für einen Augenblick. Alex sah ihn gespannt an, widerstand aber der Versuchung, nachzufragen.

Bernhard räusperte sich, was Alex überraschte. War er doch nicht so souverän, wie er es gedacht hatte?

„Nun ja, sagen wir es so: Ich bin wohl über das Stadium der Flirts und auch über den des One-night-Stands hinaus."

Wollte Alex wissen, was er damit meinte? Etwas warnte ihn. So beschränkte er sich darauf, weiter zuzuhören.

Die folgenden Ausführungen Bernhards kamen einer Beichte sehr nahe. Schon von ihrem ersten Treffen an hatte er sich Alex bzw. Marie gegenüber sehr direkt verhalten. Er hatte von Anfang an keinen Hehl daraus gemacht, dass Marie ihn interessierte, eher noch faszinierte. Seine Blicke waren vielsagend gewesen und Marie bis ins Mark gedrungen, so dass sie sie nicht hatte vergessen können.

Nun machte er an diesem Punkt weiter, indem er ohne Umschweife von seinen Gefühlen zu sprechen begann. Er wählte seine Worte mit Bedacht, aber sie waren nicht weniger vielsagend als seine Blicke. Und sie schienen sehr ehrlich zu sein.

In seinen Augen war Marie nicht nur wunderschön, sie schien geradezu die perfekte Frau, das perfekte Wesen zu sein – nein, er duldete keinen Widerspruch an dieser Stelle. Er kannte ihr Geheimnis, aber gerade das mache sie – oder ihn – in seinem Empfinden so perfekt. Das habe er in dem Augenblick erkannt, als Marie zum ersten Mal vor ihm gestanden habe. Er fühle sich sehr zu Frauen hingezogen, verehre ihre Schönheit, all die weiblichen Reize ihrer Körper, das Spiel mit entsprechender Kleidung, mit Dessous und allem, was dazugehöre. Aber den besten Sex, das sage er ihr ganz offen, habe er mit Männern gehabt. In welcher Verkleidung auch immer. Für die Erfüllung beim Sex brauche es für *ihn* dieses eine Utensil, das der schönste weibliche Körper nicht bieten könne.

Während Bernhard all diese Dinge bekannte, hatten sie langsam ihre Teller geleert, die anschließend dezent abgeräumt worden waren. Bernhard hatte sich nur kurz unterbrechen lassen durch die Kellner, die bis auf Hörweite herangekommen waren, aber als sie wieder zurückgetreten waren, hatte er Maries Hand genommen und sie festgehalten, während er weitergesprochen hatte.

Alex fühlte sich seltsam angerührt von Bernhards Worten. Er konnte kaum glauben, worauf diese Beichte unweigerlich zusteuerte, wusste weder, ob, noch was er tun oder sagen sollte. So überließ er Bernhard auch seine Hand. Statt sie zurückzuziehen, spürte er vielmehr ein Kribbeln in sich aufsteigen – war es Nervosität, Aufregung? Noch mehr verunsicherte ihn, dass er nun auch wieder unverkennbare Bewegung in Maries Höschen verspürte. Er war so verwirrt, dass er für Augenblicke nicht mitbekam, was Bernhard eigentlich sagte.

Glücklicherweise wurde in diesem Augenblick eine erste Nachspeise serviert: Granatapfel mit Quark und Joghurt. Die schmalen, hohen Gläser, die die Kellner vor sie hinstellten, waren abwechselnd mit der weißen Creme und den dunkelroten Granatapfelkernen gefüllt. Alex fand, dass sie *sündig* aussahen, irgendwie pervers, aber sicher ging nur ihm das so, dachte er, Bernhard dachte wahrscheinlich gerade darüber nach, was er als nächstes sagen wollte.

Nachdem er die ersten Löffel von der sündigen Creme gegessen hatte und wieder einmal die blutrote Granatapfelkerne betrachtete, fiel Alex plötzlich auf, dass nicht nur die Austern, die sie anfangs gegessen hatten, als Lebensmittel mit aphrodisierender Wirkung bekannt waren. Auch dem Chili der Tomaten-Chili-Suppe, die sie gegessen hatten, wurde eine solche Wirkung nachgesagt, ebenso wie dem Curry des Hauptgerichts und den Granatapfelkernen, die sie gerade eben verspeisten. Und als zweites Dessert würden sie ein weißes Vanille-Schokoladen-Mousse mit Erdbeeren bekommen – das war geradezu die Krönung dieser Reihe von natürlichen Hilfsmitteln zur Steigerung der Libido! Kein Wunder, dass Alex inzwischen kaum mehr still sitzen konnte. Er würde in jedem Fall möglichst bald auf die Toilette gehen müssen, um wieder Ordnung in dem inzwischen *ziemlich* feuchten Gummihöschen zu schaffen, auch wenn die unverkennbare Erregung auf diese Weise nicht zu beseitigen sein würde.

Hatte Bernhard das bewusst so arrangiert? Hatte er es geplant, um bei Marie leichteres Spiel zu haben? Immerhin hatte auch er all diese Speisen gegessen, seine eigene Erregung würde also nicht weniger entfacht worden sein, auch wenn man seinen kultiviert vorgetragenen Worten bisher nichts anmerkte.

„Fehlen nur noch Artischocken."

„Wie bitte?" Bernhard hatte noch nicht wieder zu sprechen begonnen und Alex hatte in seiner Verwirrung einfach vor sich hingesprochen. Er erschrak, sah verlegen auf sein Granatapfel-Dessert, schob sich schnell einen Löffel davon in den Mund – und fühlte sich dabei, als würde er eigenhändig die Stufen zum Schafott zusammenzimmern, das Marie in Kürze selbst würde betreten müssen.

„Du hast etwas von Artischocken gesagt."

Alex sah Bernhard an, nickte leicht, schluckte die Creme hinunter und sagte dann ziemlich gefasst: „Ich habe gerade an die Speisen gedacht, die wir hier zu uns genommen haben. Angefangen von den Austern waren es sämtlich Aphrodisiaka, oder nicht?"

Nach diesen wenigen Worten war seine Selbstbeherrschung schon wieder erschöpft. Er spürte, wie die Erregung ihn langsam übermannte.

Bernhard zögerte erst einen Augenblick, schien ein wenig zu erröten. Dann nahm er wieder Maries Hand in die seine. Er sah ihr tief in die Augen und flüsterte: „Ich *will* dich, Marie! Ich will dich mehr als alles andere! Und ich will dich hier und jetzt!"

Marie spürte, wie es sie heiß überlief. Sie wurde blass. Ohne dass sie es bewusst getan hätte, fuhr ihre andere Hand unter dem Tisch an Bernhards Bein hinauf.

„Es gibt hier Zimmer", flüsterte Bernhard weiter, „komm!"

Ohne erst zu Ende zu essen, stand er auf, half Marie höflich beim Aufstehen, nahm ihre Hand und ging mit ihr in Richtung Rezeption. „Wir hätten gern ein Zimmer für diese Nacht", sagte er dort, empfing umstandslos eine Schlüsselkarte und noch während sie im Aufzug standen, fielen sie übereinander her. Ihr Griff in seinen Schritt, sein Mund auf dem ihren, alles das fand sich ganz von selbst.

Im Zimmer entledigte sich Bernhard nur seines Jackets, da öffnete Marie bereits den Reißverschluss seiner Hose und kniete sich vor ihn hin. Es war ihr erster Schwanz, den sie in den Mund nahm, aber sie musste nicht überlegen. Bernhard hatte vollkommen recht: es war perfekt!

Der Morgen danach

Als Alex erwachte, bemerkte er, dass er noch immer BH, Unterkleid, Stay Ups und Höschen trug. Nichts war befleckt oder fühlte sich feucht an, mit Ausnahme natürlich des Gummihöschens, das nach wie vor perfekt und eng saß.

Aber dennoch erschrak er. Er blickte zur Seite und sah den noch schlafenden Bernhard. Die Kissen und Decken waren zerwühlt, Kleidungsstücke, darunter Maries Lederrock und ihr Pullover, lagen auf dem Boden – und da er nicht betrunken gewesen war, erinnerte er sich recht gut an beinahe alles, was geschehen war. Er wusste, dass Bernhard ihn nicht zu Dingen genötigt hatte, die er selbst, in seiner überraschenden Erregtheit, nicht gewollt hatte. Aber er schmeckte auch den salzigen Geschmack in seiner Kehle und musste sich konzentrieren, um nicht zu würgen oder sich gar zu übergeben.

Augenblicklich verließ er das Bett, lief ins Bad, spülte sich den Mund aus und putzte sich gründlich die Zähne. Dann begann er hastig, sich vollständig anzuziehen. Während er im Bad mit den wenigen Mitteln, die ihm zur Verfügung standen, notdürftig das Makeup erneuerte, erwachte Bernhard, stand auf und zog den hoteleigenen, weißen Bademantel an. Er hatte vollständig nackt geschlafen.

Als Alex aus dem Bad kam, um sich Stiefel und Mantel anzuziehen und das Zimmer so schnell wie möglich zu verlassen, stand er neben dem Bett und schaute ihm aufmerksam zu. Dann sagte er leise: „Ich hoffe sehr, dass du diese Nacht nicht bereust, Marie."

Alex sah ihn kurz an und beschäftigte sich dann weiter mit den Stiefeln. Ausgerechnet jetzt hatte sich einer der Reißverschlüsse verhakt. Er sagte nichts, aber seine hastigen Bewegungen sprachen eine deutliche Sprache.

„Marie! Bitte sag mir, dass du es nicht bereust."

In diesem Moment ließ sich der Reißverschluss schließen. Alex stand auf und griff nach dem Mantel. Trotz allem fühlte sich der weiche Lederrock, der sanft über die wieder perfekt an den Oberschenkeln sitzenden, teuren Strümpfe strich, wunderbar an. Alex spürte verwirrt, wie schnell sein Zorn verrauchte. Er blieb auf den hohen Absätzen der Stiefel stehen.

„Weißt du," sagte er langsam, „irgendwie war ich ganz selbstverständlich davon ausgegangen, dass du … irgendwie *anders* wärst. Dass Du die Situation nicht ausnutzen würdest."

„Ausnutzen?" Bernhard war sichtlich erstaunt.

Alex sah ihn an, konnte nicht glauben, dass Bernhard offenbar vorhatte, alles abzustreiten.

„Ja, natürlich, ausnutzen! Mit krummen Touren."

„Mit krummen Touren?" Bernhard schien noch mehr zu staunen als zuvor.

Nun kehrte der Zorn zurück. Alex zwang sich zu einem kühlen Ton. „Wie würdest du denn deine Wahl des Menüs bezeichnen."

Bernhard machte große Augen. „Wieso: die Wahl des Menüs?" In diesem Augenblick schien es ihm zu dämmern. „Ah, du meinst die überraschende Häufung von, sagen wir, appetitanregenden Speisen?"

Nun war es an Alex, überrascht zu sein, zugleich spürte er, wie Bernhard seine Souveränität zurück- und damit moralisch an Boden gewann. Aber er wollte sich nicht in die Defensive drängen lassen. „,Appetitanregend', das ist dein Begriff dafür, dass du mir hochkonzentrierte Aphrodisiaka verabreicht hast?"

Bernhard hob abwehrend die Hände. „Marie, bitte, ich habe das meinerseits ganz *anders* verstanden!"

„Wie kann man das denn anders verstehen?" Nun wurde Alex laut. „Austern, Chili, Curry, Granatapfel, Schokolade – würdest du bestreiten, dass das alles Aphrodisiaka sind? Dass sie alle dazu gedacht waren, meinen Trieb anzuregen? Dass du mich auf diese Weise *manipuliert* hast? Du hättest mir auch gleich Sextropfen oder Viagra oder was auch immer es gibt einflößen können, um mich gegen meinen Willen gefügig zu machen."

Bernhard hob noch einmal abwehrend die Hände, schien nun aber eine Grundlage für seine Argumentation gefunden zu haben. „Marie, ich bitte dich: damit tust du mir unrecht! Wirklich! Die Wahl dieser Speisen war doch nicht *meine* Idee!"

„Nicht? Wer hat denn dieses Essen bestellt, wenn nicht du?"

„Aber erinnere dich doch, Marie: Bevor ich das Essen beim Kellner bestellt habe, haben wir gemeinsam die Speisekarte studiert, ich habe dich gefragt, wonach dir ist, wir haben über die einzelnen Speisen gesprochen. Wie es sich gehört, habe ich dann versucht, mich mit meinen Wünschen an die deinen anzupassen. Und so habe ich das Essen dann bestellt."

„Das habe ich anders in Erinnerung."

„Aber Marie! Ich würde doch niemals einfach etwas bestellen, was du vielleicht gar nicht magst! Und schon gar nicht, um dich zu manipulieren, mit mir ins Bett zu gehen! Zugegeben, mir kam die Zusammenstellung der Speisen ein wenig ungewöhnlich vor. Ich fand durchaus, dass das eine oder andere nicht recht zusammenpasst. Oder zumindest unkonventionell ist. Bis ..."

Er zögerte.

„Bis?"

„Nun, bis mir auffiel, dass ihnen allen eine bestimmte Wirkung zugesprochen wird. Und als mir dies auffiel, dachte ich, dass das vielleicht genau deine Absicht ist. Andere trinken sich Mut an mithilfe von Alkohol, wenn sie etwas bestimmtes vorhaben. Und so dachte ich, dass du vielleicht andere, wirksamere Mittel nutzen wolltest, um … na ja, um vielleicht deine Zweifel zu zerstreuen, um in Stimmung zu kommen, deine Erregung zu steigern. Ich dachte, dass du das ganz bewusst machtest."

Alex war sprachlos.

„Bitte, Marie, das habe ich wirklich gedacht! Ich gebe zu, dass mich das gefreut hat, denn ich wollte dir … sehr gern näher kommen. Aber ohne diese ‚Zeichen', oder was ich eben dafür hielt, wäre ich nicht auf die Idee gekommen, dass es schon bei unserem ersten Date passieren könnte!"

„Und das soll ich dir glauben?" Alex, der sich immer mehr wie Marie fühlte, hatte in der Manier einer sich erregenden Frau die Arme in die Hüften gestemmt und sah ihn herausfordernd an. „Das soll ich dir wirklich glauben? Für wie naiv hältst du mich eigentlich?"

Bernhard setzte sich auf die Bettkante. Er schien wirklich erschüttert zu sein. „Und für was für ein Monstrum hältst du *mich*? Ich meine … Marie! Es ist mir doch wirklich ernst! Ich habe dir gestern viel über mich erzählt. Ich war sehr ehrlich zu dir. Mit Absicht! Ich habe dich in den vergangenen Tagen beobachtet und mir meine Gedanken gemacht. Ich habe in meinem Leben sicher eine Menge Leichtsinniges gemacht, das ist unbestritten. Aber bei dir wollte ich es *ganz anders* machen! Deshalb habe ich gestern auch so viel von mir geredet, damit du mich besser kennenlernst. Ich wollte es *besser* machen und vor allem: *langsam* angehen.

Und du glaubst wirklich, dass ich all meine Wünsche und Träume dadurch gefährden würde, dass ich dich manipuliere? Dass ich dich unter Drogen setze und gegen deinen Willen ins Bett zerre!?"

Marie zögerte einen Augenblick. Dann brach es aus ihr heraus: „Männer sind so!"

Alex wunderte sich über sich selbst. Was sagte er da für einen Quatsch? ‚Männer sind so'?! Das wusste er selbst doch viel besser. Das war eine von diesen blödsinnigen Floskeln, die Frauen verwendeten, wenn sie sich in die Ecke gedrängt fühlten, wenn ihnen die ohnehin spärlichen Argumente vollends ausgegangen waren oder wenn sie selbst Verantwortung loswerden wollten. Aber er?!?

Er erschrak über sich selbst.

Machte dieses ganze Verkleidungs-Spiel etwas mit ihm? Veränderte er sich? Entglitt ihm die Kontrolle über sich selbst? Wurde er irrational, so wie man es manchmal Frauen nachsagte? Ungerecht, wie es sich schöne Frauen erlauben können (und sich leider auch nicht so schöne erlauben)? Impulsiv? Würde er jetzt gleich in Tränen ausbrechen, Bernhard gegen die Brust boxen und einen hysterischen Anfall bekommen?

Dabei wusste er genau, dass Bernhard absolut recht hatte. Er hatte ihm keineswegs diese Speisen aufgedrängt, sondern sich in höflichster Weise darum bemüht, für Marie genau die Speisen und Getränke zu bestellen, nach denen ihr war. Er glaubte ihm augenblicklich, dass er dabei keine anderen Gedanken gehabt hatte, als Marie durch seinen Charme für sich einzunehmen. Er glaubte ihm sogar, dass er Marie nicht etwa deswegen zum Essen eingeladen hatte, weil er mit ihr ins Bett wollte. Ihm war es ganz offensichtlich ernst, nur deshalb war Marie ja überhaupt auf die Einladung eingegangen. Und sie hatte sich absolut sicher gefühlt. Was während des Essens geschehen war, war ohne seine bewusste Lenkung und Absicht geschehen. Von Manipulation konnte tatsächlich wirklich keine Rede sein.

Was also machte dieses Ganze mit ihm? Diese 24/7-Rolle in Frauenkleidern, nun schon über Wochen hinweg? Konnte es wirklich sein, dass diese Kleider, die er ununterbrochen trug, eine Wirkung auf ihn hatten wie eine dauerhaft eingenommene Droge oder wie weibliche Hormone? Konnte es sein, dass diese Kleider und das Make-up und all das auf einer Ebene auf ihn einwirkten, die er nicht kontrollieren konnte? Sein Unbewusstes in einer Weise beeinflussten, dass er inzwischen sogar weiblich dachte und empfand? Wenn dem so war – bestand dann nicht die Gefahr, dass ihn diese Rolle, dass ihn diese Kleider – oder was auch immer es war – *veränderten*? Dass er am Ende dieser Zeit nicht mehr er selbst sein würde, Alex, der lediglich zeitweilig eine Rolle in Frauenkleidern gespielt hatte, sondern … der schließlich etwas anderes geworden war? *jemand* anderes? ein Wesen, das mehr Frau als Mann war? Wenn dem so war, stand sogar zu befürchten, dass er umso mehr Frau wurde, je länger dieses Experiment, diese Zeit in Frauenkleidern dauerte!

Alex hatte sich dem Fenster zugewandt, die Arme vor der Brust verschränkt und sah auf den See hinaus. Er spürte die schöne Kleidung an seinem Körper, die ihm wohltat. Aber so wenig, wie er wusste, was mit ihm geschah und wie nachhaltig das sein würde, was mit ihm geschah, wusste er, wie er aus dieser Situation wieder herauskommen sollte. Er war sich nicht einmal sicher, ob er die Erinnerung an die vergangene Nacht aus seinem Gedächtnis tilgen wollte. Bei aller – schnell nachlassenden – Empörung waren da auch viele schöne Bilder und vor allem: wunderbare Gefühle! Das alles fühlte sich eigentlich nicht falsch an – gar nicht, selbst wenn er dies jetzt gern gefühlt hätte.

Bernhard beobachtete ihn. Er hatte sich in einen der Sessel gesetzt und die Beine übereinander geschlagen. Irgendwann begann er zu sprechen: „Marie", sagte er, „es tut mir unendlich leid, wenn ich etwas getan oder veranlasst habe, das du jetzt bereust. Das war wirklich nicht meine Absicht, das musst du mir glauben! Aber vielleicht berücksichtigst du, dass auch ich unter dem Einfluss dieser Substanzen stand – Substanzen, deren Einsatz ich nicht geplant hatte!"

Er zögerte einen Augenblick. „Was mir allerdings noch wichtiger ist" – Bernhard stand auf und trat hinter Marie, ohne sie jedoch zu berühren – „was mir noch wichtiger ist, das ist, zu betonen, dass alles, was geschehen ist, nicht etwa irgendeine Taktik war, um dich zu manipulieren oder ins Bett zu kriegen, sondern Ausdruck meiner ehrlichen Gefühle für dich."

Alex drehte sich abrupt um. „So?!? Ausdruck deiner Gefühle, dass du mir deinen Schw…" Er brach abrupt ab.

Es war Bernhard anzusehen, dass er Marie gern berührt, sie am liebsten in den Arm genommen hätte. Aber im Augenblick hielt er dies offenbar für unklug. Stattdessen sagte er leise: „Wenn du meinst, dass das falsch war, dann entschuldige ich mich dafür, Marie, in aller Form! Ich habe mich ... überwältigen lassen von ... diesem Glücksgefühl, das du mir vermittelt hast. Und von meiner Lust."

Er verstummte. Der abrupt aufgeflammte Zorn in Alex' Augen hatte schon wieder nachgelassen.

Aber der Zorn war dennoch ehrlich gewesen. An der Erinnerung, die ihn gerade wieder überschwemmt hatte, war durchaus nicht das Schlimmste gewesen, *dass* er Bernhards Schwanz in seinem Mund gehabt, dass Bernhard ihn in den Mund gefickt und Alex anschließend seinen Saft geschluckt hatte. Wenn er ganz ehrlich war, dann war das Schlimmste daran, dass er selbst es *gewollt* hatte! *Er* hatte voller Gier Bernhards Hose geöffnet, den Schwanz erst in seine Hände, dann in den Mund genommen und ihm einen geblasen, als hätte er schon lange darauf gewartet! Er hatte es *genossen*, die Lust hatte ihn buchstäblich überwältigt. Ja, es war ein *überwältigendes* Gefühl gewesen, er meinte nie in seinem Leben intensivere Lust verspürt zu haben: in diesen heißen Frauenkleidern zu stecken, die Rolle der Frau zu spielen und einem Mann einen zu blasen! Zu spüren, wie der Saft in seinen Mund gespritzt wurde, hatte ihn selbst in Ekstase versetzt! Abzuwarten, bis das Zucken aufhörte und dann langsam, genüsslich und lächelnd zu schlucken – dabei hatte er sich *so sehr* als Frau gefühlt, wie in keiner Situation zuvor. Schließlich den glatt rasierten Schwanz sorgfältig und mit viel Zeit abzulecken, stets mit dem Blick auf das erst erstaunte, dann genießerische, dann erschöpfte Gesicht Bernhards gerichtet, der ganz offensichtlich nicht recht hatte glauben können, was hier geschah – das hatte ihm ein Glücksgefühl vermittelt, das er auf keinen Fall missen wollte!

Es gab so viele Gründe, warum Bernhard erstaunt hatte sein können! Das wurde Alex nun vollends bewusst.

„Ich will nach Hause." Oder sollte er, wollte Marie Bernhard noch einmal ...

Bernhard nickte und begann mechanisch, sich anzuziehen.

Marie setzte sich in einen der Sessel und wartete ab. Bernhard sah wirklich gut aus! Und sein Schwanz ...

Als Bernhard fast fertig war, fragte er: „Möchtest du noch etwas frühstücken?"

Marie schüttelte traurig den Kopf. „Ich möchte mich vor allem waschen."

Bernhard nickte. Was hatte er schließlich erwartet.

Tatsächlich war sein Plan ja ein ganz anderer gewesen. Behutsames Kennenlernen. Austausch. Finden von Gemeinsamkeiten. Er war sich sicher, dass das, was sie bereits aneinander gefesselt hatte, auf diese Weise ganz natürlich wachsen würde. Die ganze Zeit über war ihm bewusst gewesen, in welch verwirrender Situation Marie respektive Alex eigentlich war. Bis vor ein paar Tagen hatte er noch ein ganz normales Leben als Mann geführt. Erst hier im Castle, wo Alex nach einigen traumatischen Erlebnissen mit seiner Ehefrau vor kaum mehr als einer Woche eingetroffen war, hatte die halberzwungene Verwandlung in eine Frau wirklich begonnen. Andererseits war sich Bernhard sicher, dass diese Verwandlung sehr viel tiefer ging oder zumindest an Tieferes rührte, als es diese Geschichte erahnen ließ. Für ihn war Alex in der Rolle der Marie absolut überzeugend: Marie war auf betörende Weise weiblich. Ihre Unsicherheit, vielleicht Verstörung machte sie zurückhaltend, sie wirkte fast scheu – und das passte wunderbar zu ihr! Ihm gefiel, dass sie keine üppige Frau war, sondern eine eher knabenhafte Figur hatte. Sie bewegte sich auf natürliche Weise reizend, dabei vorsichtig, als wollte sie nicht die Blicke auf sich ziehen. Und natürlich reizte ihn aufgrund seiner eigenen Vorlieben die Tatsache, dass in diesen sinnlichen Kleidern, die wirklich keinen weiblichen Reiz auszulassen schienen, ein verhältnismäßig zarter Männerkörper steckte! Für ihn war das die Krönung seiner Träume, und bei all den Blicken, mit denen er sie in den vergangenen Tagen verfolgt hatte, hatte eben dieses Wissen wie ein unwiderstehlicher Magnet gewirkt: ein zierlicher Männerkörper in diesen betörenden Kleidern! Er hatte sich danach gesehnt, diesen Körper zu berühren, die Hand über diese Beine, diesen Oberkörper, diese Schultern gleiten zu lassen, sie in diesen Schoß zu legen, die Lende an die Lende, den straffen Po zu spüren und einen wachsenden Schwanz. Dass dieser zweifellos in kostbaren Spitzendessous steckte, störte ihn nicht – ganz im Gegenteil: die Travestie machte für ihn den Gipfel des erotischen Reizes aus! *Erotischer* ging es seiner Ansicht nach nicht!

Daher war Alex/Marie für ihn das absolut perfekte Geschöpf. Bevor er ihn/sie zum Abendessen eingeladen hatte, war ihm klargeworden, dass sich in dieser Gestalt alle seine geheimen Wünsche gebündelt hatten. Alex in der Rolle der Marie, Alex *als* Marie war für ihn die Vollendung, geradezu das ‚fünfte Element'! Aus diesem Grund hatte er schließlich den Schritt gewagt. Wenn es gelang, Marie für sich zu gewinnen, konnte am Ende des Wegs die Erfüllung all seiner Wünsche stehen.

Um keinen Preis hatte er diese Möglichkeit gefährden wollen.

Dass der Abend so verlaufen war, wie er verlaufen war und vor allem geendet hatte, war also tatsächlich keineswegs seine Absicht gewesen. Im Gegenteil: hätte er es vorher gewusst, so hätte er diesen Verlauf eher abgelehnt – zu schnell, zu impulsiv, zu fremdgesteuert.

Bernhard reichte zunächst Marie ihren Mantel und nahm anschließend den seinen über seinen Arm. Gemeinsam verließen sie das Zimmer, machten kurz an der Rezeption halt und stiegen dann in Bernhards Jaguar, der vor das Hotel-Portal gefahren worden war. Der Motor bullerte leise vor sich hin, und in diesem Augenblick konnte Marie nicht anders, als darin ein anheimelndes Geräusch zu sehen, als wenn es ganz normal und bereits gewohnt wäre, dass sie hier gemeinsam mit Bernhard saß, um in diesem betörenden Auto durch die wunderschöne, englische Landschaft zu fahren.

Und zugleich wehrte Alex sich. Er konnte, er wollte nicht akzeptieren, was ihn zu all dem bewogen hatte! Wieder sah er verschiedene Bilder des vorhergehenden Abends, Marie in ihrem Unterkleid, Bernhards Lippen auf ihrer makellosen Haut, spürte seine Hand auf ihrem Hintern, ihrem Höschen, sah Bernhards Schwanz vor ihrem Gesicht, fühlte wie er langsam in ihren Mund hineinfuhr, hörte ihn stöhnen, spürte wie der Schwanz sich verhärtete, die Ladung sich sammelte, der Schwanz stocksteif und knüppelhart wurde – und plötzlich überkam ihn doch noch der Würgereiz und noch bevor der Jaguar ein paar Meter gefahren war, öffnete Alex schnell die Tür und übergab sich auf die Kiesauffahrt.

Inhalt

Von Catherine May sind in der Reihe „Crossdresser-Erzählungen" bisher erschienen:

„Im Kleinen Schwarzen. Erotische Erzählung"

Teil 1 (Crossdresser-Erzählungen – Band 3), 64 Seiten
ISBN: 978-3-7412-7242-4

Teil 2 (Crossdresser-Erzählungen – Band 4), 80 Seiten
ISBN: 978-3-7431-2847-7

Teil 3 (Crossdresser-Erzählungen – Band 5), 88 Seiten
ISBN: 978-3-7431-9482-3

Teil 4 (Crossdresser-Erzählungen – Band 6), 84 Seiten
ISBN: 978-3-7448-5187-9

Teil 5 (Crossdresser-Erzählungen – Band 7) 92 Seiten
ISBN: 978-3-7460-4948-9

Teil 6 (Crossdresser-Erzählungen – Band 8)
ISBN: 978-3-7568-1456-5

Die Erzählung „Im Kleinen Schwarzen" wird fortgesetzt

Außerdem sind von Catherine May erschienen:

„Neun Tage Frau – Teil 1"
(Crossdresser-Erzählungen – Band 1)
197 Seiten
ISBN: 978-3-7392-2829-9

„Neun Tage Frau – Teil 2"
(Crossdresser-Erzählungen – Band 2)
190 Seiten
ISBN: 978-3-7392-2999-7

„Ein Sommertagtraum. Aus Peter wird Petra"
(Crossdresser-Erzählungen – Band 9), 171 Seiten
ISBN: 978-3-7481-4067-2

„Die Schwarze Witwe"
(Crossdresser-Erzählungen – Band 10), 104 Seiten
ISBN: 978-3-7519-0548-0

„Jehlicka – Polka im Dirndl"
(Crossdresser-Erzählungen – Band 11), 123 Seiten
ISBN: 978-3-7543-9747-3

Verlag und Autorin freuen sich über Rückmeldungen
auf www.bod.de/buchshop oder www.amazon.de.